공정거래위원회 12 완결

2024년 6월 14일 초판 1쇄 인쇄
2024년 6월 19일 초판 1쇄 발행

지은이 현우
발행인 김관영

기획 박경무 강민구 임동관 조익현 최시준 신정윤
책임편집 백승미 금선정
마케팅지원 유형일 장민정

발행처 (주)로크미디어
출판등록 2003년 3월 24일
주소 서울시 마포구 마포대로 45 일진빌딩 6층
Tel (02)3273-5135 **Fax** (02)3273-5134
홈페이지 rokmedia.com **E-mail** rokmedia@empas.com

값 9,000원

ISBN 979-11-408-1431-2 (12권)
ISBN 979-11-408-1419-0 04810 (세트)

질 끝판왕 사망
ROK MEDIA
로크미디어
한명그룹
김성균 본부
현우 현대 판타지 장편소설
12
완결
공정거래
위원회

Contents

질 끝판왕 사망
한명그룹
김성균 본부
금산 분리 위반 (2)

“제가 아는 얼굴과 착각했군요. 실례했습니다.”

오성규는 떨떠름한 얼굴로 준철을 훑었다.

단순한 실수라 하기엔 너무나 자연스런 태도다. 말로 표현하긴 힘들지만 묘한 기시감도 느껴졌다. 정말로 만난 적이 있던 걸까?

오성규가 기억을 더듬고 있을 때, 준철은 팔자 좋은 그의 얼굴에 시선이 고정됐다.

살짝 태닝된 얼굴과 삐져나온 뱃살. 시종일관 만연한 웃음은 주인에게 듬뿍 사랑 받고 자란 충견의 모습이었다.

부회장이 배신만 하지 않았더라면 나도 저런 얼굴이었을까.

"뭘 그렇게 빤히 쳐다보시오. 진짜로 나를 만난 적이 있나?"

"미안합니다. 아무리 봐도 착각이었네요."

"나를 취조실로 불러온 건 고작 그 착각이었단 변명으로 안 끝날 겁니다."

준철은 피식 웃었다.

사람 쉽게 안 변한다더니, 옛날 말투 그대로다. 덕분에 소싯적 생각도 들고 편하다.

"착각한 건 미안하지만……. 지금 취조실에서 큰소리 칠 군번은 아니지 않습니까."

"뭐?"

"영인컴퍼니 초대 바지 사장이 본인이잖아요. 가관이더군요. 부동산 임대, 골프장 사업, 리조트 설립……. 웬만한 건설사보다 더 잘나갔더군요."

"그래서 무슨 말이 하고 싶은 거야. 샐러리맨의 은퇴 생활 성공기?"

놈이 혀를 찼다.

"한심한 작자 같으니라고. 고작 내 자서전 얘기가 궁금해서 취조실로 불러? 3년만 기다리시오. 댁을 위해서 내가 출판사 한번 알아보리다."

예상은 하고 있었지만 한 치의 주눅 든 기색도 찾아볼 수 없었다.

허위 등기의 공소시효는 5년으로, 설사 그가 바지사장이었다 한들 이제는 책임도 물을 수 없다는 걸 알기 때문이다.

"들려주시면 고맙죠. 사실 저희 공무원들은 인터넷 서핑하면서 야근 수당 받아 가는 놈들입니다. 시간도 널널한데 오붓하게 얘기 좀 해 볼까요?"

"뭐?"

"영인컴퍼니 사업 자금 어디서 끌어오셨습니까. 아니, 한명투자한테 어떻게 받아 온 겁니까."

멍석을 깔아 주니 바로 입을 다물어 버리는 놈이다.

"특히나 이 골프장은 그린벨트로 50년 동안 묶여 있던 땅이었어요."

"그, 그건……."

"세상에 이 노른자 땅에다 골프장을 세웠으니 예약이 2년 동안 꽉 차지. 수완 좋습디다? 이 앞에 있는 러브호텔 다섯 곳도 영인컴퍼니 소유죠? 고객들한테 대실권까지 줘서 풀코스 골프장으로 입소문이 자자하던데. 그리고 경주에 짓고 있는 이 리조트는……."

쾅!

"건방진 새끼가 어디서 입을 함부로 놀려! 그래서 하고 싶은 말이 뭐야?"

"자금 조달 어떻게 했어?"

"뭐?"

"골프장, 리조트, 러브호텔 건립 비용. 이 막대한 돈 어떻게 끌어왔냐고. 그리고 네들한테 사업권 준 놈 누구야. 그 자식 이름도 알아야겠다."

얘기가 민감한 영역으로 넘어가자 놈이 난동을 부렸다.

"내가 대답해야 할 의무가 있나. 어차피 다 공소시효 지난 걸로 아는데."

"그러니까 당신한테 이런 특별한 기회를 주는 거야. 오늘 고해성사 하고 깔끔하게 텁시다. 어차피 우린 당신 처벌할 생각 없어."

"흐하핫!"

놈이 고개를 뒤로 젖히며 웃었다.

"그러니까 지금 나더러 주인을 물라는 거야? 내가 왜? 충성한 대가로 내 평생의 노후를 책임져 주신 분한테."

"진짜로 노후를 책임져 준 주인이라면 당신이 이렇게 소환되지도 않았겠지. 당신은 그냥 이용당한 거야."

"조사관님. 이런 이용이라면 두 번, 아니 백 번도 기꺼이 당할 수 있습니다. 허허."

놈과 얘기를 나눌수록 괴로움이 밀려왔다.

과거 김성균의 생각과 너무나 똑같았기 때문이다.

"그러니까 이 부분은 인정하십니까? 영인컴퍼니는 사실상 최기석 상무의 회사였고, 한명투자는 여기에 불법 대출 및 불법투자를 했다?"

"아니오. 영인컴퍼니는 죽었다 깨어나도 내 회사였습니다.

한명투자로부터 혜택을 받은 건 내 후배들이 나한테 예우를 해 준 거니, 우리 최 상무님도 어찌 보면 피해자예요."

"대출, 투자액이 최소 3천억가량 되던데 이걸 최 상무도 모르게 진행되었다?"

"내가 후배들한테 못된 것만 가르쳤지. 네, 있는 사실 그대로요."

말도 안 되는 소리다.

영인컴퍼니는 당시 골프장과 부동산을 소유하며 연 100억대 임대 소득을 올리고 있었다.

하지만 이걸 돈 한 푼 받지 않은 채 소유권을 이전시켜 버렸다. 그렇게 2대, 3대 바지사장이 영인컴퍼니를 관리하게 되었다.

"그럼 소유권 이전은 왜 했습니까? 다른 임원들한테."

"내가 키운 후배들이라 하지 않았소. 나도 챙겨 줘어야지."

"그게 아니라, 최 상무가 퇴직금 챙겨 줬겠지. 돌아가면서."

"뭐?"

"퇴직 앞둔 임원들, 그중에서 가장 자신이 믿을 만한 놈들로. 여기 바지 사장 시키면서 돈 받아 간 거 아니요."

준철이 책상을 치며 서류를 내밀었다.

"그냥 딱 한마디만 해요. 영인컴퍼니 사실은 최기석 상무 회사였고, 한명투자는 여기에 저리로 불법 대출까지 했다고."

딱 그 한마디면 된다.

증인이 그리 말하면 불법 대출과 금산 분리 위반 모든 혐의가 적용되며 놈에 대한 처벌도 완전히 끝난다.

하지만 그놈은 비열하게 웃으며 말했다.

"아닙니다만 어쩌시겠습니까. 뭐 이미 공소시효도 다 끝나고 한 마당에 영장 가져오시겠수?"

"……."

"아님, 뭐 나 고발이라도 할 거야? 대체 뭐야 네들? 왜 날 데려와놓고 헛소리를 늘어놔."

그리 말하며 일어났다.

"나도 듣는 소식이 있어. 당신들 부회장한테 사주받고 이러는 거잖아."

"뭐?"

"한명그룹 경영권 투쟁에 공정위가 개노릇을 자처했다더군. 온 세상이 다 당신을 비웃고 있어. 청탁 받고 움직인다고. 만약 이 사건이 무혐의로 끝나면 당신은 무사할 것 같나?"

이제는 누구의 개란 소리를 들어도 별반 화가 나지 않았다. 좋든 싫든 세간의 평가가 그러했다. 섣불리 움직인 공정위를 질타하는 목소리도 많았고, 지라시에선 최영석의 사주를 받았단 말도 나돌았다.

"내 참. 오란다고 온 나도 등신이지. 이미 공소시효도 다 끝난 마당에. 이제부턴 뭐 영장을 치든, 코렁탕을 먹이든 알아서 해 보쇼. 내 얼굴 두 번 볼 일 없을 테니까."

그렇게 그가 일어설 때였다.

"박지현……. 그 여자가 연예인 지망생이었나, 승무원 지망생이었나."

멈칫.

"아, 그건 신지혜였지. 박지현은 아나운서 지망생이었고."

"너, 너 이 새끼 지금 무슨……."

"반백살에 애절한 로맨스 영화 한 편 찍으셨잖아요. 유부남과 여대생의 이뤄질 수 없는 사랑. 그 결말이 내연녀 미국으로 유학 보내고 끝이었나?"

너무 당황해서 제대로 말도 튀어 나오지 않았다.

"그래도 우리 오 사장님이 의리는 기가 막힌 편이라 들었습니다. 그 내연녀 유학 끝날 때까지 키다리 아저씨 노릇하셨다고. 근데 그 얘기 사모님은 아십니까?"

"……."

"아, 사모님은 죽었다 깨나도 모르시겠지. 최 상무가 준 퇴직금들 다 내연녀 뒷바라지하는 데 썼잖아요. 혹시 도피지를 하와이로 간 것도 내연녀 때문입니까."

그는 더 이상 화가 난 얼굴이 아니었다. 목소리를 높이지도, 막말도 하지 않았다.

"……그 얘길 어떻게 알았지?"

어떻게 알긴. 김성균으로 살 때 상대측 임원들 공금횡령부터 사생활 문제까지 싹 다 조사했으니 알지.

평생 써먹을 일 없을 줄 알았는데 이렇게 도움될 줄이야.

"내가 이 제보 어디서 받았는지 알죠?"

"설마…… 최영석이가?"

"긴말 않겠습니다. 우리가 원하는 정보 내주고 조용히 살래요, 아님 콩가루 집안 만들래요?"

"내 물음에 먼저 대답해. 최영석이가 정말 그 문제까지 거론했어? 그런 식으로 따지면 나도 그 새끼 약점……."

"두 놈들 배꼽 아래 문제까지 관심 없고 우리가 묻는 말에만 대답해. 영인컴퍼니, 어떤 회사야!"

준철이 호통을 치자 오성규는 주저앉아 버렸다.

아무리 경영권 분쟁이라 해도 지켜야 할 선이 있다. 남자들 배꼽 아래 문제는 건드리지 않는 것이 불문율이다. 어차피 서로 지저분한 문제니 말이다.

하지만 젊은 놈의 당당한 태도는 상대 쪽에서 이미 모든 걸 다 털어놨다는 걸 의미했다.

공포스러웠다. 건설 경영권을 향한 부회장의 집념과 광기가 느껴진다.

이 사실에 충격받을 아이들과 처를 생각하니 머리가 다 아득해질 지경이었다.

"오성규 씨, 가정 문제엔 공소시효가 없습니다."

준철은 쓰러진 그를 일으켜 세우며 친절히 의자에 앉혔다.

"나는 한 입으로 두말하는 놈이 아닙니다. 어차피 오성규 씨는 공소시효가 다 끝나서 여기서 무슨 증언을 하든 피해가 없어요. 그렇죠?"

"……."

"반대로 나는 그 증언이 매우 절실하고, 당신의 인생을 산산 조각낼 약점도 쥐고 있어요. 그렇죠?"

"……."

"거래합시다. 내가 원하는 정보 주면, 당신이 원하는 정보는 덮어 드리죠."

표정을 보아하니 이미 다 끝난 게임 같은데 쉽사리 입을 열지 않는다.

하긴 얼마나 혼란스럽겠나.

자식과 마누라를 보호하기 위해선 주인의 발목을 물어야 한다. 주인이 마지막에 챙겨 준 사료를 딴 집 개에게 홀랑 다 바쳤으니 이에 대한 원망도 피할 수 없다.

"대체…… 어떻게 알았습니까. 정말 부회장이 이런 거 까지 말한 겁니까?"

"아니라면 내가 어떻게 알았겠어요."

오성규는 닭똥 같은 눈물을 펑펑 흘렸다.

"만약에…… 내가 상무님을 고발하면 처벌은 어떻게 되는 겁니까."

"처벌되겠죠. 근데 형량이 늘어날 뿐이지, 안 받을 처벌을 받는 건 아닙니다."

"그 형량은 얼마나……."

"5년 정도 살 겁니다. 협조하면 1~2년 정도는 참작해 줄 수 있고."

찔끔찔끔 울던 놈이 갑자기 대성통곡하기 시작했다.

실형을 사는 것 자체가 경영권 배제를 의미하지 않나. 최영석은 그 공백기에 반드시 한명건설 경영권을 독차지해 버릴 것이다.

당연한 수순이다.

"그래도 한 가지 약속 하나 해 주겠습니다."

"약속?"

"내가 최영석이랑 붙어먹은 건 아니에요. 누군가 내게 그 놈의 약점을 가져온다면 이 이상으로 놈을 짓밟아 줄 겁니다. 아, 단순한 제보 말고 명확한 증거까지 갖춰서 줘야 돼요."

"……."

"그러니까 우리 괜한 입씨름 맙시다. 영인컴퍼니 차남 회사 맞죠?"

진심이었지만 믿지는 않는 눈치였다.

한참 고민하던 그가 피눈물을 흘리며 말했다.

"……맞습니다. 그 회사는 최 상무님 회사였어요."

"거쳐 간 다른 사장들은?"

"모두 나와 같은 측근들로 명의만 빌려줬어요. 만약 조사에 필요하면 내가 그 사람들 다 귀국시켜 놓겠습니다. 대신……."

"대신?"

"우리 최 상무님 형량만 어떻게 해 주십쇼. 집유는 바라지 않습니다. 제가 그 형량 더 살면 안 되겠습니까. 차라리 날 죽여 주십쇼."

준철이 취조실에서 나오자 배 팀장이 쾌재를 불렀다.

믿을 수 없는 결과다.

이미 공소시효가 끝났으며 놈이 절대로 제 주인을 배신하지 않을 거라는 게 대체적이 관측이었다.

굳이 주인을 물어야 할 이유가 없지 않은가?

담당 검사는 조서를 보더니 입을 다물지 못했다.

"저놈은 심복 아니었던가요. 이걸 대체 어떻게 한 겁니까."

"공소시효가……. 적용이 안 되는 얘기 몇 개 좀 했어요."

"공소시효가 적용 안 되는 문제?"

"길 게 설명하면 긴데요. 조서는 잘 마무리된 겁니까?"

담당 검사는 격하게 끄덕였다.

"너무 완벽해서 제가 할 게 없을 지경입니다. 실소유자가 최기석이란 사실을 확실히 자백해 줬네요."

"알겠습니다. 그럼 저희 쪽도 서류 검토해 보겠습니다."

담당 검사가 신바람 나며 떠나가자 배 팀장이 다가왔다.

"과장님! 진짜 대단하십니다. 이걸 대체 어떻게 하신 겁니까."

"뭐 이리 호들갑이냐. 없는 말 지어낸 것도 아니고, 있는 말 받아 낸 건데."

"상대가 오성규였잖아요! 대체 진짜 어떻게 하신 겁니까."

이게 그렇게도 신기한 걸까.

하긴 놈의 사생활까지 거론하며 흔들었으니, 기상천외하긴 하지.

하지만 그와 동시에 씁쓸함도 느껴졌다. 오성규는 주인을 팔아먹는 마지막까지도 주인의 선처를 바랐다. 상무님 대신 자기가 더 큰 처벌 받겠다는 게 공갈은 아닐 것이다.

저 모습이 한심하면서도, 화가 나는 이유가 뭘까.

'……'

과거의 내 모습 같아서 아니었을까.

주인이 먼저 뒤통수를 쳐 버렸다는 결말은 좀 다르지만.

"조서 줘 봐."

"예. 여기 있습니다."

준철은 어지러운 상념을 떨치며 내용 확인에 들어갔다.

"불법 대출 여부는?"

"나왔습니다. 최기석의 실소유 회사라 한명투자에서 일사

천리로 대출해 줬다 하더군요. 영인컴퍼니는 제대로 된 사무실도 없는 회사였는데, 한투가 기업 실사도 나가지 않고 대출 승인을 해 줘 버렸어요."

한명투자는 투자의 귀재다.

시골 촌구석에 컨테이너 하나 달랑 세워 놓은 회사에 무려 3천을 대출해 줬고, 꽤 많은 수익금도 얻었다.

이것이 오마하의 현자가 말했던 가치 투자란 말인가.

"이 과정이 얼마나 말이 안 되는 거냐?"

"일단 한투에서 기업 대출 하려면 최소 3개월 최장 1년까지 서류 심사에 들어가요. 그 회사의 장래성과 자본 비율을 다 봐야 하니."

서류가 후루룩 넘어갔다.

"근데 여긴 고작 한 달도 채 지나지 않았습니다."

"고작 한 달?"

"네. 그것도 사업 계획서 몇십 장 제출한 게 전부입니다."

"이거 어디서 많이 들어 본 얘기 같은데?"

과거 왕 회장이 영국에 차관을 빌리러 갈 때, 500원짜리 지폐에 있는 거북선 보여 줬다던가? 백사장에 회사 깃발 하나 꼽고 여기서 배 만들 테니, 돈 빌려달라 했던 얘기는 유명한 일화다.

사실 말이 와전된 거지, 그때 이미 영국 은행과 한국 정부는 다 말을 맞춰 놓고 있었다.

그에 대한 보증도 확실하게 설정했을 정도로.

이 사건에서도 유효하다. 그렇게 돈을 턱턱 빌려준 건 담보와 보증인이 확실해서다. 바로 한투의 실질적인 회장인 최기석.

"이게 얼마나 말이 안 되냐면요. 영인컴퍼니는 사실상 무늬만 회사예요. 애초에 서류 탈락감입니다.

"근데 영인컴퍼니가 벌인 사업이 많던데? 경주 리조트랑 골프장, 부동산 임대업은 어떻게 이뤄 냈지?"

준철은 건설업계 종사자답게 더 지저분한 일이 있었을 것 같았다.

"아, 그건 오햅니다. 여기에 정치인이 연루된 흔적은 없습니다."

"그놈들 말은 다 걸러서 들어야 돼."

"근데 여기 조서에도 나와 있다시피……. 진짜 유력 정치인이 연루됐으면 이렇게 잠잠했을까요?"

"흠."

"외압이 없는 걸 보면, 신빙성 있어 보입니다."

준철은 어렵지 않게 끄덕였다.

그래, 만약 진짜 더러운 놈들이 붙었으면, 이미 위에서 지시가 내려왔을 거다.

아니라면 진작 외압을 가해 막았겠지. 아무도 나서지 않는 걸 보니, 이권은 없나 보다.

안심하는 동시에 불안함도 들었다. 최기석은 정치인에 줄 댄 자금이 없어 지금 이렇게 쉽게 하는 것이다.

그렇다면 최영석은? 이미 토건 세력이라 불릴 만큼 정치인과 야합한 놈이다.

놈을 치려면 더한 수고를 거쳐야 한다. 이 사건은 최영석을 치기 위한 모의고사에 지나지 않는구나.

"좋아. 그럼 사건 어느 정도 정리됐네?"

"네. 나올 건 다 나왔습니다."

"그럼 이 사실들 언론에 싹 다 뿌려 버려."

배 팀장이 화들짝 놀랐다.

"지, 지금 바로요?"

"왜?"

"민감한 사건이니 아무래도……."

"지금 재고 따질 시간 어디 있냐. 계속해서 나한테 사주받았다고 쪼아 대는 마당에. 바로 뿌려라."

"알겠습니다."

배 팀장은 잠시 주저했지만 곧 싱글벙글 웃음이 났다.

내일 뉴스엔 아주 화려한 불꽃 축제가 열릴 것이다.

[영인컴퍼니, 최기석 소유였나?]

[핵심 관계자 증언 확보]

[유명무실한 금산 분리법]

오성규의 증언은 언론에 적나라하게 보도되었다. 영인컴퍼니가 최 상무의 회사라는 것도, 이 때문에 한명투자가 막대한 특혜를 주었다는 것도.

영인컴퍼니의 실소유주가 확인되자 여론은 뜨겁게 달아올랐다.

—투자 회사 오너가 사기업 소유한다는 게 말이 되냐?

부동산, 골프장, 경주 리조트. 웬만한 건설사보다 더 잘나가는 회사네? 만약 영인컴퍼니 부도났으면 한명투자에 예치된 돈 들 연쇄 부도네?

—ㅇㅇ 영인컴퍼니 터졌으면 한명투자에 들어간 돈 싹 다 연쇄 부도. 금융과 산업 분리 해 놓은 의미가 없음.

—대출 특혜 미쳤다

서류 탈락감 회사에 3천억을 땡겨? PF투자는 또 뭔데? 이딴 회사에 2천억짜리 자금 조달을 해 줘?

—오너가 쥐고 있는 회산데 당연히 프리패스지ㅋㅋ

—영인컴퍼니 벌인 사업들 보면 그것만 특혜 받은 게 아닌 것 같음. 배후는 분명 더 있다.

뉴스 보도로 그간 따라다녔던 편파 조사 논란은 완전히 사그라졌다. 도리어 영인컴퍼니가 어떻게 그리 알짜배기 부동산만 취득할 수 있었는지에 대한 의문만 커져 갔다.

건설업과 정치권의 야합은 늘 있는 주제였으니, 조사 규모가 더욱 커질 것이라는 게 대체적인 관측이었다.

이튿날엔 한명투자의 탈출 러시가 본격화되며 주가가 하한가로 마무리되었다. 이와 함께 최기석 테마주엔 모두 시퍼런 파란불이 켜졌다.

"이런 육시랄!"

최기석은 수인복을 찢어 버리며 괴성을 질러 댔다.

사건 터지면 잠시 주춤하는 그런 수준의 주가 하락이 아니다. 테마주 동반 하락은 주주들이 자신에 대한 기대감을 접었다는 것을 의미했다.

구치소에 갇혀 있었지만 그는 실시간으로 싸늘한 여론의 반응을 느끼고 있었다. 이제 더 이상 이 사건은 자신과 큰형의 경영권 분쟁이 아닌, 오롯이 자신의 비리 사건이 되었다.

"오성규가 자백을 했다고?"

"예. 그렇습니다."

"그놈이 날 어떻게 배신해!"

"공정위에서 오 사장 약점을 쥐고 흔들었다고……. 애인 문제까지 거론했답니다."

최기석이 비틀거리며 쓰러졌다.

"상무님!"

아무리 냉혹한 경영권 분쟁이라 한들 남자의 배꼽 아래 문제는 거론하지 않는 것이 불문율이다. 공정위가 해당 사실을 그냥 알게 되진 않았을 터. 필시 배후는 큰형이다. 진짜로 누구 하나 죽을 때까지 끝장을 보자는 건가.

임원진이 전부 달려들 때, 그가 세차게 뿌리쳤다.

"내 몸에 손대지 마! 고작 이 문제 하나 해결 못 한 놈들이 무슨 낯짝으로!"

"죄, 죄송합니다."

"송 변호사만 남고 모두 나가. 그리고 자네들은 오늘 당장 가서 사표 제출해. 밥값도 못하는 얼간이들은 내 곁에 있을 자격이 없다."

사표는 제출하나 마나 의미가 없을 것이다.

어차피 장남이 모든 경영권을 가져가면 동생들 측근부터 정리해 버릴 것이니.

어두운 얼굴로 모두 사라지자, 송 변호사가 조심스레 말을 붙였다.

"고정하십쇼, 상무님. 아무래도 구속까지 되다 보니 안팎에서 동요가 심했던 모양입니다."

순순히 구속을 받아들인 게 패착이었을까. 어떻게든 바깥에 남아서 자신의 건재를 확인시켰어야 했는데.

"어설픈 위로는 그만하시게. 말 못 들었어? 애인 문제까지 거론하며 흔들었다잖아. 내가 있다고 해서 해결될 문제가 아니야.”

“사실 그 부분은 저도 예상 못 했습니다. 부회장이 이렇게 비겁한 수를 쓸 줄은…….”

최 상무는 긴 한숨을 내쉬며 물었다.

“앞으로의 상황은 어떻게 되지?”

“승산이 많이 없습니다. 오 사장이 자백해 버렸으니, 다른 증거를 제시하지 않아도 영인컴퍼니는 상무님 소유라는 게 입증될 겁니다.”

“그에 대한 혐의는?”

“불법 대출 및 금산 분리 위반 행위 모두 적용될 겁니다.”

최기석은 마른침을 삼키며 절대로 꺼내고 싶지 않은 말을 꺼냈다.

“형량은……?”

“검찰에서 5년 구형하겠다고 하는데……. 1심에선 이를 그대로 선고할 가능성이 큽니다.”

“혹시 3심까지 끌면……?”

“여론이 잠잠해졌다 해서 형량이 낮아지진 않을 겁니다. 사실상 3심은 단념하는 게 좋습니다. 하루빨리 대중들 뇌리에서 이 사건을 지우는 게 급선무니까요.”

제아무리 기를 써도 실형을 피할 방법이 없다.

실형을 살고 있는 사이 한명그룹을 전부 장악해 버리는 형의 얼굴도 그려졌다.

"그나마 가장 나은 방법은 지금이라도 자백하고 선처를 바라는 겁니다. 제가 잘 조율해서 1년이라도……."

"실형 4년이나 5년이나 내게는 큰 의미 없어. 어차피 형이 경영권 장악하는 데엔 충분한 시간 아니야?"

"그건 그렇습니다."

최기석은 젊은 과장 놈의 얼굴을 떠올렸다.

선처를 바란다고 해 줄 놈도 아니다. 그놈이 큰형을 어떻게 털었는지 누구보다 잘 알지 않은가.

난다 긴다 하는 유력 정치인들이 눈치를 줘도 눈썹 하나 까딱하지 않았던 놈이다.

"그럼 진짜로 마지막으로 쓸 수 있는 카드는 그 방법뿐입니다."

"전관?"

"네. 되도록 공정위 출신 전관들 섭외해서 회유에 들어가겠습니다. 동정을 구하든 협박을 하든 구형을 낮추는 게 우선이죠. 이와 함께 재판도 전관 법조인으로 구성하겠습니다."

그 말을 끝으로 더 이상 좋은 방법은 나오지 않았다.

최기석은 침통한 얼굴로 끄덕이며 말했다.

"그럼 그 방법이라도 써 보자. 최대한 공정위 압박해서 내 형량 하루라도 줄여 봐. 나도 이 경영권 절대 놓치지 않을 거야."

유 국장은 밤낮없이 걸려 오는 전화에 지쳐 아예 핸드폰을 꺼 놓고 있었다.

한명그룹의 위엄이 실감 난다. 뉴스 보도가 나간 이후 유력 정치인부터 얼굴도 잊은 대학 선배까지 수시로 전화를 해대고 있었다.

모두들 무슨 목적인지 알았기에 특별히 더 몸조심하는 그였다. 일선에서 뛰고 있는 준철을 따로 부르지도 않았고, 대면 보고도 피했다. 상사의 눈짓, 몸짓 하나에 실무자들이 어떤 부담을 느끼는지 아니까.

하지만 그에게도 피할 수 없는 자리가 있었다.

"국장님, 두 분 지금 오셨습니다."

"같이 왔어?"

"예."

"오래 살고 볼 일이구먼. 위원장 자리 두고 박 터지게 싸우던 양반들이."

"불편하시면……. 적당히 둘러댈까요?"

"됐다. 그냥 오늘 단도리 하는 게 나아."

은퇴 후 찾아온 선배 둘의 방문이었다.

두 사람은 한때 공정위원장 자리를 두고 다툰 라이벌이기도 했으며, 유 국장의 선배이자 상사이기도 했다. 얄팍한 인연을 팔아 이 자리에 찾아 온 건 그리 좋지 않은 징조다.

무심한 얼굴로 기다리니, 선배 두 사람이 웃음 가득한 얼굴로 집무실에 들어왔다.

"에그머니나. 이게 얼마 만인가, 유 국장."

"안 본 세 신수 훤해졌구먼."

불길한 예상은 빗나가는 법이 없다. 과장 섞인 환대를 보아하니 이미 한명그룹에 재취업을 했나 보다.

"어서 오십쇼. 오랜만에 선배님들 얼굴 뵈니 좋네요."

"예끼 이 사람아. 미리미리 연락 좀 하지 그랬어. 자네처럼 유능한 사람이 왜 종합국 국장이야."

"우리한테 미리 연락했으면 말년은 본청 기획실에서 편안히 보냈을 텐데 말이야."

과장은 아니다.

두 사람은 한때 공정위원장 자리를 넘봤으며, 조직에서 20년을 몸담은 원로들이다. 은퇴한 지 겨우 3년도 안 된, 소위 말하는 아직 끗발 남아 있는 선배들이었다. 전화 한 통이면 사람 하나 끌어올리는 건 식은 죽 먹기다.

"하하. 전 이 자리 만족합니다."

"만족은 무슨. 타 부처 뒤치다꺼리하는 게 종합국인데, 자네처럼 유능한 사람이 있음 쓰나."

"아이고 선배님, 저도 은퇴가 코앞인데 이제 와 자리 욕심내 뭐하겠습니까."

"은퇴가 끝이 아닐세. 이젠 인간이 이백 살까지 산대. 자네도 은퇴 후 생활 계획은 해야 할 게 아닌가."

선배들이 오늘의 용건을 암시해 주자 오히려 마음이 한결 편해졌다.

"설마 오늘 제 취업 자리 때문에 오신 겁니까?"

"계획은 해 두라는 거지. 나도 현직에 있을 땐 몰랐는데, 막상 정년이 닥쳐 보면 정말 까마득하더라고."

"그럼 선배님들은 재취업하셨고요?"

"아직 취업 제한 3년을 다 못 채워 적을 둔 곳은 없지. 근데 이리저리 오라는 곳은 많네."

"혹시 거기가 한명그룹입니까?"

선배들은 노골적인 물음에 구태여 부정하지 않았다.

"뭐 피차 사정 알 테니 긴 말 안 하겠네. 유 국장, 사람이 너무 단단하면 부러져. 눈 한 번 딱 감고 적당히 타협하는 게 어떻겠나?"

"이번 한명투자 건은 우리가 봐도 문제가 많은 비리였어. 근데 죄는 미워해도 사람은 미워하지 말란 말도 있잖나."

"저에게 원하시는 게 뭘까요?"

예상보다 호의적인 반응에 두 사람의 얼굴이 상기됐다.

"적당한 처벌."

"적당한이라……."

"구형 5년은 너무 세. 안 그래도 지금 안팎에서 한명그룹 경영권 두고 얼마나 뒷말이 많은데."

"흠……."

"여기서 차남 매장시키는 건 사실상 공정위가 장남 편에 서겠다는 거야."

"왜 아니겠어. 이건 형제간의 경영권 다툼에 공정위가 이용당하는 거야. 실형 5년? 사실상 차남을 제치겠다는 거지. 손에 피 묻히지 마. 싸움은 두 놈이 알아서 하게 두고 공정위는 심판 역할만 하라고."

유 국장은 피식 웃었다.

"그러니까 선배님들이 생각하는 적, 당, 한 처벌은 어느 정도인데요?"

"뭐 그런 거까지 우리 입으로 할 얘기는 아니지만……. 구형 5년은 좀 세지 않나?"

"한 3년이면 그래도 공정위가 편파 조사를 했다는 뒷말은 나오지 않을 게야."

그게 최기석에게 받은 지령인가 보다. 살짝 동조해 주자 침 넘어가는 소리가 귀에까지 들릴 정도였다.

"아니면 집행유예로 적당히 끝내서……."

"그만. 그만 듣겠습니다."

"뭐?"

"선배님, 그런 말씀하시면 안 부끄러우십니까. 이미 확인된 불법 대출과 투자가 3천억을 넘었습니다. 영인컴퍼니 실소유주가 차남이란 것도 밝혀졌고요. 명백한 금산분리 위반 행위에 집유? 이건 지나가던 개가 웃을 일입니다."

원하는 반응이 나오지 않자 선배들이 역정을 내기 시작했다.

"아니, 지금 이대로 공정위 위신을 다 깎아 먹자는 게야?"

"현 상황에서 공정위가 장남 편 들면, 네들이 붙어먹은 거라고. 왜 볏짚 들고 불구덩이로 뛰어들어. 거기 경영권 분쟁하는지 몰랐어?"

"그게 이 사건과 무슨 상관입니까. 혐의가 이미 다 확인 됐는데."

"자네는 정당하다 생각할지 몰라도 제3자는 아니니까! 뭐 쪽팔리게 내가 전관예우 받자고 실무자들한테 감 놔라 배 놔라 하는 거 아니다. 근데 진지하게 생각해 봐. 경영권 분쟁에 공권력 이용하는 게 맞아?"

유 국장은 아무렇지 않은 얼굴로 대답했다.

"신빙성 있는 제보가 왔고, 그게 또 확인됐는데 그럼 어쩌겠습니까?"

"아, 아니 이 사람이……."

"그게 누군가의 이득이 된다고 처벌 수위를 낮추면……. 그거야말로 편파적이고 정치적인 겁니다."

"유 국장!"

"선배님, 부러질지언정 휘어지지 말라고 가르치신 게 두

분이십니다. 이제 와 후배 얼굴 보기에 부끄럽지 않습니까?"

유 국장은 더는 할 말 없다는 듯 자리에서 일어나 버렸다.

뒷모습을 보인 건 더 이상 대화를 하지 않겠다는 뜻이다.

두 사람은 그 뒷모습을 노려보더니 툭 쏘아붙였다.

"자네가 요상한 자리에 앉더니 변했구먼."

"……."

"듣자하니 이거 담당자가 여간 꼴통 새끼가 아니라지? 그 놈이 그 전직 국장 모가지 날려 버린 놈이잖아. 분수도 모르고 설치다가."

뒤돌아선 유 국장의 얼굴이 붉어졌다.

방금 선배들이 꺼낸 얘기가 곧 자신에게 경고를 날리기 위함이란 걸 알았기 때문이다.

"그 전임자 꼴이 자네라곤 예외가 아닐 거야. 처신 조심해야 할 게야."

"……."

"내 참. 사람 진짜 치사한 놈으로 만드는구먼. 누가 보면 우리가 기업들 청탁 전하러 온 브로커들인 줄 알겠어."

"……."

"부디 현명하게 생각하고 처신하게. 이런 기회는 두 번 오지 않아."

유 국장이 끝끝내 돌아서지 않자 선배들은 온갖 저주를 퍼부으며 자리를 떠났다.

그렇게 서 있길 한동안.

슬쩍 뒤돌아서니 선배들이 떠난 자리엔 얇은 봉투 한 장이 놓여 있었다.

"백지수표라……. 허허."

최기석이 보낸 백지수표였다. 유 국장은 한 치의 고민 없이 찢어 버리며 마음을 다잡았다.

—다음 소식입니다.

영인컴퍼니 실소유주가 확인된 가운데, 최기석 상무의 병보석이 거부되었습니다. 당초 어렵지 않게 허가를 받아 낼 거란 예상과 달리, 법원에서 모두 거절한 건데요.

공정위가 실소유주를 밝혀 내며, 그간 영인컴퍼니를 거쳐 갔던 모든 사장들이 줄줄이 입국하고 있습니다.

측근들은 줄줄이 소환당해 자신을 배신했고, 마지막으로 믿고 있던 전관 카드도 먹히지 않았다.

법원에 신청한 병보석이 불허되자 최기석은 완전히 전의를 잃고 말았다. 강력한 처벌을 내리겠다는 법원의 의지를 확인했기 때문이다.

이 때문에 휠체어를 타고 병원에 가는 퍼포먼스를 보였지만 되레 기자들의 좋은 먹잇감으로 전락하고 말았다.

—현재 영인컴퍼니를 거쳐 간 임원들이 모두 자백했습니다. 영인컴퍼니는 본인 소유가 맞습니까?

—불법대출에 대한 의혹이 모두 사실입니까?

—이 밖에도 다른 소유의 회사가 있습니까?

최기석은 수모란 수모는 다 당하며 다시 구치소로 돌아오게 되었다.

준철은 측은한 얼굴로 그에게 위로를 건넸다.

"유감입니다, 병보석 거부는."

의외였다. 오만 표독을 다 떨 줄 알았는데, 최기석은 세상 무너진 얼굴로 구치소에 앉아 있었다.

혀 깨물고 싶은 심정일 것이다. 자신의 최측근이 배신한 것은 물론, 줄줄이 다 소환되고 있으니.

"사실 이제 정황은 다 완성됐습니다. 측근들의 자백이 나왔으니, 저희가 따로 증거를 제시할 필요도 없죠."

"……."

"이제 마지막 퍼즐만 남았습니다. 이 회사, 본인 소유인 거, 그리고 금산분리 위반 행위 일체 모두 인정하십니까?"

최기석은 고개를 떨어뜨리더니 목메인 목소리로 물었다.

"그 대답하기 전에……. 나도 하나 물어봅시다."

"말씀하세요."

"큰형이 정말 내 임원들 사생활 자료까지 제보했나? 내 목을 치라고?"

"그럼 제가 유도신문을 했다 보십니까?"

"아니, 도무지 믿기지가 않아서. 큰형 또한 이런 문제에 있어 깨끗한 사람은 아니거든."

준철은 물끄러미 그를 바라봤다.

"부회장이 제보한 게 맞습니다. 아니라면 제가 어떻게 알겠습니까."

"그래……. 그렇지. 그게 아니라면 공정위가 이런 치부까진 알 수 없겠지.

더 이상 아무 말도 덧붙이지 않았다. 진실을 말해 줘도 납득을 못 할 것이다.

"하나만 더 물읍시다. 내 형량은 어떻게 되는 거요?"

"아마 다 충분한 설명을 들으셨을 겁니다. 들으신 내용 그대로 될 겁니다."

"실형 5년이라……. 하하. 한명건설은 그 안에 그 양반이 차지하겠구먼."

실성한 건지 놈이 크게 웃어 젖혔다.

"인정하리다. 모든 혐의 다. 그리고 형량도 마음대로 부르쇼."

3천억을 가지고 논 대가가 고작 5년.

일반 사람들 기준으론 한없이 작은 금액이다. 하지만 한때 한명그룹 경영권을 넘봤던 이에겐 이만한 형량도 없다.

준철은 조서를 내밀었다.

"형량을 조금 줄여 볼 방법이 있긴 한데……."

"줄여?"

"당한 만큼 갚아 주십쇼. 당신이 아는 내용을 우리 쪽에 제보하면 어느 정도 참작해 드리겠습니다."

사실 제보가 중요한 게 아니다.

최영석이 어떠한 비리를 저지르고 살았는지는 누구보다 잘 안다. 하지만 그에 대한 증거가 없으며, 증거가 없으면 조사도 진행할 수 없다.

가장 가까이서 견제했던 그라면 이에 대한 증거도 갖추고 있을 것이다.

제발 내 뜻에 따라 주기를…….

하지만 놈의 입 밖에서 나온 대답은 뜻밖이었다.

"젊은 과장, 이간질시키려는 수작은 그만두시게."

"……네?"

"당신 입으로 큰형 소행이라 했지만 난 그 말 믿지는 않아. 큰형은 내가 더 잘 알거든. 절대 임원들 사생활 캐서 나 묻으라 하진 않았을 거야. 물론 자네가 어떻게 그 내용을 알았는지는 나로서도 모르겠지만."

역시 호락호락한 놈은 아니구나.

김성균으로 살 때도 가장 신경 쓰이던 놈이었는데.

"당신이 아무리 이간질해도 난 큰형 안 팔아. 내 입에서 나올 말은 없어.”

말은 그리했지만 눈빛은 이미 복수심에 타오르고 있었다.

당연히 이 말은 진실이 아닐 것이다. 의심은 가나 아직 결정적인 한 방이 없으니 협조를 못 하는 것이라 생각했다.

“그럼 아쉽게 됐네요. 이대로 당하는 수밖에.”

“…….”

“지금 당장 결정하지 않아도 됩니다. 근데 큰형한테 이렇게 경영권 쉽게 빼앗기면 어디 억울해서 살겠어요? 어차피 재판까지는 깁니다. 그때 생각해 보세요.”

준철은 그리 말하며 자리를 떴다.

아직 재판까지는 많은 시간이 남았다. 형제간에 불신의 씨앗을 심어 놨으니, 앞으로 더 많은 의심을 할 것이다.

구태여 놈을 재촉하지 않았다. 한창 의심이 싹 텄는데 다그치면 반감만 생길 것이다. 다 된 밥을 뜸 못 들여 망치는 건 억울한 일이지.

이 정도면 충분하다.

―다음 소식입니다. 연일 논란을 이어 왔던 한명투자 금산 분리 위반 혐의가, 최기석 상무의 자백으로 모두 사실로 드러났습니다.

조사 관계자는 어제저녁, 최기석 상무의 자백이 나왔다 발표했는데요.

이로써 한명투자의 불법 대출 사실이 모두 드러남에 따라 실형이 불가피할 전망입니다.

—법조계 관측에 따르면 검찰 구형은 5년으로, 법원도 이를 그대로 선고할 가능성이 크다 합니다. 관건은 결국 한명건설의 경영권입니다. 최 상무의 공백을 틈타 최영석 부회장이 경영권을 차지할 것이라는 게 대체적인 관측인데요.

일각에선 이 사건의 배후가 최영석 부회장이라며, 공권력이 사기업 경영권 분쟁에 놀아났단 비판도 제기되고 있습니다.

말도 많고 탈도 많았던 금산 분리 위반 혐의는 결국 차남 최기석의 판정패로 끝이 났다.

당사자의 자백까지 나왔으니, 유죄는 불 보듯 훤한 일. 메이저 언론사들은 이미 형량까지 예측했고, 그 공백기에 한명그룹 지배 구조가 더욱 공고해질 것이란 예측도 했다.

항우의 목을 쳤으니 유방에게 대권이 넘어가는 것은 당연한 일이다.

"과장님, 앞으론 어떻게 하실 겁니까?"

"뭘 어떻게? 검찰에 증거 자료 싹 다 넘기고 판결 기다려야지."

"재판 말고 한명그룹 내부 문제요."

"내부 문제? 그걸 우리가 왜 걱정하냐?"

"의도한 건 아니지만 저희가 최영석 부회장 코 풀어 줘 버렸잖습니까.”

조사는 성공리에 끝났지만 마냥 웃을 수만은 없는 팀장들이었다.

최기석 지지 세력들은 꾸준히 음모론을 제기했고, 공정위가 최영석과 붙어먹었단 의혹을 제기하고 있었다.

“아무래도 이런 오해를 벗으려면, 최영석 부회장의 먼지도 하나 터는 게…….”

탁-!

“쓸데없는 소리 마. 이놈 한번 혼내 줬으니, 저놈도 혼내 줘서 형평성 맞춘다, 이거야말로 편파 조사고 공권력 남용이다.”

“…….”

“이럴 때일수록 원칙 지켜. 우린 신빙성 있는 제보와 증거가 들어왔기에 움직인 거다. 최기석 의식해서 최영석 혼내 줄 생각 마라.”

“죄송합니다. 제가 실언했습니다.”

배 팀장이 고개를 꾸벅 숙이자 준철도 더는 말하지 않았다.

동의할 순 없지만, 녀석의 심정은 이해가 갔다. 원리 원칙에 따라 조사를 끝마쳤건만 돌아오는 건 편파 조사란 비아냥 아닌가.

공교롭게도 최기석 테마주 거품은 단숨에 꺼졌고, 그 하락분은 그대로 최영석 테마주의 상승분이 되었다. 여의도는 이미 후계자가 정해졌다는 평가.

이 결과에 가장 부아가 치미는 것은 준철이었다. 하지만 옳은 결정이었단 생각엔 변함이 없었다.

"여론 의식하지 마. 돈 잃고 속 좋은 놈이 어디 있어? 지금은 분풀이 상대가 필요할 뿐이다. 견디자."

"넵."

그렇게 배 팀장이 떠나간 후.

준철은 집무실에 홀로 앉아 가만히 팔짱을 끼었다.

"80점……. 아니 50점."

낙제점 수준의 조사. 이것이 준철이 내린 이번 조사의 냉정한 평가다.

세간에 오르내리는 흉흉한 소문 때문이 아니다. 최기석에게 이 정보의 출처를 모두 말해 주었고, 바람도 잡아 주지 않았나. 장남과 차남이 진흙탕에서 싸우며 똥물, 흙물이 다 튀기기를 기대하고 있었다.

하지만 원하는 결과는 얻지 못했다. 최기석은 끝까지 큰형의 치부를 말하지 않았고, 자신을 별로 신뢰하는 눈치도 아니었다.

"……."

왜 그랬을까.

형의 치부를 모르지 않을 테고, 그에 대한 상당한 증거도 확보하고 있었을 텐데 왜 형을 밀고하지 않았을까.

자신도 한 번 뒤통수 친 게 있으니, 한 대씩 주고받은 거라 생각하는 것일까?

"……아니야."

그러기엔 이번 한 방이 너무 큰 한 방이다.

언론의 평가대로 최기석은 이제 영영 경영권과 멀어져 버렸다. 그리고 준철이 아는 최기석은 절대로 이를 당하고만 있을 인물이 아니었다.

복잡한 생각들이 머리를 괴롭혔지만, 준철은 의식적으로 고개를 저었다.

어쩌면 아직 준비가 안 된 건지도 모를 일이지. 차남 최기석은 절대로 그냥 당하고만 있을 인물이 아니다. 때가 되면 이 수모를 수십 배로 갚아 줄 한 방을 준비해 가져올 것이다.

지금은 그때를 기다리는 수밖에 없다.

"뒷말이 무성하긴 하지만 의식할 만한 수준은 아닙니다. 여론은 모두 최 상무를 비난하고 있습니다. 규모가 무려 3천억 대이다 보니……."

"듣자 하니 공정위 전관까지 섭외해서 포섭하려 했더군요. 근데 씨알도 안 먹히는 분위깁니다."

"검찰 구형은 5년이고, 잘 막아 봐야 실형 4년에 끝날 거란 관측입니다."

한명건설 대회의실.

최영석의 측근들은 모처럼 상기된 얼굴로 들떠 있었다.

눈엣가시 같았던 적장을 베어 냈으니 이젠 전리품 챙기는 일만 남았다. 부회장이 회장으로 승진하면 자연스레 한 계단씩 올라갈 것이며, 그에 따른 부상(副賞)도 따라올 것이다.

"부회장님, 너무 근심 마십쇼. 여론이야 어차피 잠깐 들끓다 잠잠할 텐데요. 이제부턴 경영 실적으로 입증하면 됩니다."

"주총 분위기는 이미 기울었습니다. 부회장님의 회장 선임안은 무탈하게 끝날 겁니다."

모두가 자축하는 분위기였지만 정작 그 당사자는 기분이 좋지 않아 보였다.

"회장 선임안이라……. 동생 팔아먹고, 기업 내부 문건 팔아먹은 나를 과연 주주들이 좋아해 줄까."

"부, 부회장님."

"걱정하지 마. 자네들 얼굴 봐서라도 내 어떻게든 회장 자리는 차지할 테니. 여기 있는 사람들 한 자리씩 챙겨 주려면 내가 얼른 부회장 빠져 줘야 하잖아."

"그런 말씀은 아니었지만……."

"이만하지. 다들 나가 봐."

부회장의 공격적인 반응에 임원들이 허겁지겁 줄행랑을 쳤다. 최영석은 잠시 앉아 한숨을 쉬더니 김 비서에게 눈을 돌렸다.

"김 비서, 지금 내부 분위기 어때?"

"임원들 말 믿으셔도 됩니다. 흉흉한 소문이 돌고 있긴 하나 오래 못 갈 얘기들이죠. 주총은 무탈하게 끝날 겁니다."

"이 사람아 지금 내가 주총 결과를 몰라서 하는 소리가 아니잖아? 기석이 나가리됐으니, 당연히 나 말곤 선택지가 없겠지. 내가 진짜 궁금한 건 나를 진심으로 지지해 주는 세력이 얼마나 되느냐야."

진심으로 지지를 받느냐, 어쩔 수 없이 지지를 받느냐.

이는 최영석에게 매우 중요한 문제다.

"걱정 마십쇼, 부회장님. 아무리 어쩔 수 없이 지지를 받았다 한들, 최 상무가 출소하고 나서 다시 지지 세력을 끌어내진 못할 겁니다."

"뭐?"

"계열사 비자금으로 정치권에 뿌려 더 많은 일감을 받은 것과, 그저 자기 사욕을 챙긴 게 어떻게 같겠습니까. 주주들도 이 차이에 대해선 잘 압니다. 지금은 단순히 욕받이가 필요할 뿐입니다."

김 비서는 눈치 빠르게 부회장의 가려운 부분을 긁어 주었다. 동생이 다시 돌아와도 절대 재기할 수 없다. 이것이야말로 부회장이 가장 듣고 싶은 말이었다.

"부회장님, 혹시 그것 말고 더 걸리는 게 있습니까?"

최영석은 긴 한숨을 내쉬더니 속을 털어놨다.

"나도 듣는 소문이 있다. 공정위가 기석이 측근들 사생활까지 거론해서 자백을 받아 냈다고?"

"예. 저도 그렇게 들었습니다."

"그럼 대체 그 사생활 자료는 누가 제보한 거야? 난 그렇게까지 할 생각이 없었어. 이거 혹시 임원들이 나한테 예쁨 한번 받아 보려고 사고 친 거야?"

일이 너무 커져 버렸다.

언론에 적당히 망신 주며 동생의 야욕을 꺾는 게 최영석의 목표였다. 하지만 공정위는 영인컴퍼니의 실소유주도 밝혀냈고, 동생에게 실형까지 지울 기세다.

제아무리 피도 눈물도 없는 부회장이었지만 이는 그가 원하던 그림이 아니었다. 경영권 차지하려고 동생을 옥살이까지 시켰단 오명까지 쓰고 싶지 않다.

"그건 아닌 것 같습니다. 저희 임원들이 그렇게 멍청한 사람들은 아닙니다. 그 자료에 대해 아는 사람도 별로 없고요."

"그럼 대체 누구야?"

김 비서도 할 말이 없었다.

공정위가 취조실에서 다그쳤다던 그 수위는 결코 지라시나 몇 개 주워들어서 알 수 없는 내용들이다. 부회장의 측근들 중에서도 가장 믿을 만한 몇 사람만 아는 정보다.

"죄송합니다……. 저도 연유를 잘 모르겠습니다."

"제기랄-"

"……."

"혹시 모르니까 자네가 임원들하고 술 한잔하면서 살짝 떠봐. 이건 내부자 아니면 절대 알 수 없는 정보다. 난 나한테 과잉 충성하는 그놈이 누군지 알아야겠다. 그 새끼는 옆에 두고 오래 쓸 놈 아니야."

젠장 내일부터 많이 바빠지겠다.

포상받을 생각에 들떠 있는 임원 중 몇 놈은 정리하고 가야 한다.

"근데 부회장님, 너무 걱정하실 필요는 없잖습니까. 과정이야 어쨌건 결과가 좋습니다."

"김 비서 눈에는 이게 좋은 결과로 보여?"

"……예?"

"이건 최악이야. 가장 좋은 방법이 옆에 훤히 있었는데, 그 다리를 부러뜨리고 가시밭길을 걸어간 거라고."

최영석의 목소리가 격앙됐다.

"기석이 그놈은 이 모든 게 다 내 소행이었다 생각할 거 아니야. 근데 나라곤 그런 약점 없을까? 내 임원들이라곤 그런 약점 없을까?"

"……."

"그 녀석이 입을 왜 다물었는진 모르겠지만, 그렇게 치고 받으면 한도 끝도 없어. 이건 분명 나중에 화를 부를 거다."

살짝 떨리는 목소리와 격앙된 얼굴.

이건 그가 진심으로 이 상황을 두려워하고 있다는 걸 말해 주었다.

하긴 최기석의 성격은 김 비서도 잘 알지 않은가. 한 대 맞으면 두 대로 갚아 줄 놈이지 결코 속 좋게 넘어갈 위인이 아니다.

계산은 또 확실해서 받은 만큼은 꼭 갚는 성미다. 부회장 말대로 머잖아 이 화살이 돌아올 것이다.

"그럼 차라리 더 서두르시지요."

"뭐?"

"부회장님께선 최 상무의 출소 이후가 걱정이신 거 아닙니까. 5년이란 시간은 깁니다. 그 안에 최 상무가 끼어들 틈 없이 지배 구조 공고히 다져 놓으면 됩니다."

"아버지가 물려주신 건설 지분 1/3이 그놈에게로 갔는데?"

"당연히 계열사 분리가 우선이죠. 한명그룹이 쥐고 있는 한투 지분도 상당합니다. 값을 후하게 쳐주고 지분 스왑 해 버리면 됩니다."

계열사 분리.

현 상황에서 나올 수 있는 최고의 답안이다. 어차피 이 왕좌는 그룹에서 한 사람만 차지할 수 있다. 서로 못 볼 꼴 더 보기 전에 각자 살림 차리는 게 최고다.

"그렇다고 동생 감방 가자마자 주총 소집하는 건 내 체면에 못 하겠다. 이건 누가 봐도 속 보이는 일이잖아."

"그럼 제가 명분 한번 만들어 보겠습니다."

"명분?"

"저희 어차피 한솔테크 인수 합병하려 하지 않았습니까. 이거 합병시키고 부회장님 성과로 대대적인 홍보 들어가겠습니다."

부회장의 굳었던 얼굴이 슬며시 풀어졌다.

"주총은 이 결과를 선전해 밀어붙이겠습니다. 이러면 세간의 눈총도 줄어들 겁니다."

최영석은 한숨을 쉬더니 웃었다.

"그래, 기왕 이렇게 된 거 얼른 실적이라도 만들어야지. 차라리 분위기 어수선할 때 민감한 문제 정리하자."

"맞습니다."

"공정위에 한솔테크 합병 심사 넣어. 경영권 문제는 얼른 정리하자고."

질 끝판왕 사망
한명그룹
김성균 본부
합병 심사

한솔테크.

국내 최고의 바닥재 회사로 점유율 40%를 자랑하는 중견 기업이다. 세간에선 아파트는 한명, 인테리어는 한솔이란 말이 나돌 정도였다.

갖가지 특허를 보유한 한솔은 특유의 공격적인 마케팅으로 한때 시장 점유율 70%를 자랑한 적도 있었다.

전도유망한 기업의 매출이 반 토막 난 건 대기업이 돈 냄새를 맡기 시작한 직후다.

알짜배기 사업에 눈독 들이던 한명건설은 '책임 시공'을 선언하며 본격적으로 내장재 사업에 뛰어들었다.

아파트를 짓는 것에 그치지 않고 인테리어 사업까지 독점하겠단 심보였다.

제아무리 내장재 1등 기업이라 해도 거대 기업의 횡포 앞엔 맥을 추지 못했다.

한명건설은 따내는 수주마다 자사 기업에 일감을 줬고, 한솔테크는 일감 몰아주기 신고로 이에 맞섰다.

두 기업이 피 터지게 싸워 대며 공정위를 들락거린 것이 한두 번이 아니다.

하지만 현실에선 다윗이 골리앗을 이기는 기적은 잘 일어나지 않는다.

한명건설의 노골적인 일감 몰아주기에 한솔테크의 시장점유율은 현저하게 떨어졌고, 얼마 지나지 않아 업계 1위 타이틀도 반납하게 되었다.

"무례하구먼. 오늘 같은 자리엔 부회장님이 직접 나오셔야 되지 않나?"

"아이고- 한 회장님, 저희 사정 아시지 않습니까. 언론에서 다 동생 팔아먹은 형이라고 욕해 대서 동네 슈퍼도 못 나가십니다."

"동네 슈퍼는 못 가도 인수 합병 회담장엔 나와야지. 그냥 마지막까지 이 늙은이 얼굴 보기가 싫은 거 아닌가?"

"그럴 리가요. 부회장님께서 사과의 말씀 전해 달라 신신당부하셨습니다."

더 이상의 기싸움은 필요 없다. 어차피 오늘은 항복 선언하는 날이니.

한명수 회장은 한명건설 임원진들을 쓱 훑더니 말했다.

"앉으세."

"예."

좌우로 갈라진 양측 임원진들 사이에선 팽팽한 긴장감이 감돌았다.

그도 그럴 것이 양측은 수십 년 내리 피 터지게 싸웠으며, 최근엔 지분 확보 문제를 가지고 신경전을 벌인 전력이 있었다.

차를 한 모금 문 한 회장이 먼저 말했다.

"감회가 다 새롭구먼. 내가 오 사장이랑 차를 다 마시고. 우리가 마지막으로 본 게 서로 멱살 쥐었던 그땐가?"

"하하. 예. 회장님께서 저힐 일감 몰아주기로 신고하셨죠."

"그 생각만 하면 아직도 이가 갈려. 한명건설은 대체 공정위에 뿌린 돈이 얼마기에 그걸 정당 경쟁으로 판단한다는 거야?"

"아이고- 그거 돈으로 이긴 거 아닙니다. 정말 법대로 싸운 거예요."

그걸 믿으라고?

한 회장은 혀를 끌끌 찼다.

"자네들은 지독했어. 아파트 분양 따내는 족족 다 일감을 몰아줘 버리니, 당해 낼 재간이 있나."

"회장님도 독하셨습니다. 그 돈을 다 때려 박았는데도 한솔의 점유율 40%는 못 무너트리겠더군요."

"오 사장이 아부도 할 줄 아는구먼. 적장에 대한 예운가?"

"동종 업계 선배에 대한 존경심입니다. 진심으로 대단하셨습니다."

30년간 지켜 온 인테리어 1위 회사가 오늘 무너진다. 인수합병 사인 한 번으로.

피 터지게 싸웠던 지난날을 생각하면 지금 이 늙은이의 투정은 애교처럼 느껴질 정도다.

"그게 진심인지 아닌지는 돈 얘기 들어 보면 알겠지. 말해 보게, 우리 지분에 값을 얼마나 쳐줄 겐가."

오 사장은 일체의 망설임 없이 서류를 내밀었다.

"지분 24% 전량 매입. 2조 3천억입니다. 매입 방식은 블록딜이고요. 상기한 날짜 안에 모든 돈은 입금될 겁니다."

"뭐라? 2조 3천?"

"예. 이 정도면 성의 표시가 됐겠죠?"

한 회장은 놀란 얼굴을 애써 감췄다.

현재 상장된 지분 가치는 고작 1.6조 원대.

아무리 경영권 프리미엄이 붙는다 한들 7천억은 과해도 너무 과한 금액이었다.

"한명건설이 급하긴 급하구먼. 고작 이 회의실 한 칸 차지하는 건데 7천억을 더 써?"

"그럴 만한 가치가 있는 회사니까요. 저흰 한솔테크의 잠재력이 그 이상일 거라 생각합니다."

새빨간 거짓말이다.

한명과 한솔의 시장점유율은 각각 40%대로, 이는 두 회사가 합병 시 한쪽이 시장을 독점할 수 있단 얘기가 되었다.

"우리 회사의 잠재력이 아니라, 독점 시장의 잠재력 아닌가."

"너무 고약하십니다, 회장님. 값도 꽤 후하게 쳐드렸는데."

"아무렴 좋아. 돈 받고 물러나는 입장인데 후하게 쳐주면 좋지. 그리고 그때 말한 그 조건은?"

"당연히 들어드립니다. 인수 합병 후에도 한 회장님을 명예 회장님으로 추대할까 합니다."

이에 한솔테크 임원들의 얼굴이 밝아졌다.

한 회장 체제를 유지하겠다는 건 곧 자신들의 자리도 당분간 보장하겠다는 뜻이다.

"저희는 점령군 행세할 생각 없습니다. 한솔테크가 가진 독보적 기술력과 인력 자원 모두 존중합니다."

모든 조건이 너무 완벽하다. 이젠 한 회장의 사인만 남았다.

"좋구먼. 아주 흡족해."

"네. 서로에게 윈윈이죠."

"내가 여기에 사인하면 되는 건가?"

"그렇습니다."

오 사장이 군침을 흘리며 펜만 바라볼 때, 갑자기 한 회장이 고개를 획- 돌렸다.

"가만. 이 중차대한 얘기에 내가 임원들 의견을 안 들어 봤구먼."

"……예?"

"추 사장, 한명건설에서 2조 3천을 제시했는데, 이 가격에 넘기는 게 맞나?"

부름을 받자 옆에 있던 사내가 고개를 저었다.

"한명건설이 저흴 너무 얕잡아 보네요. 이 가격은 헐값입니다."

"허, 헐값이라뇨. 추 사장님, 무려 7천억이나 더 드렸습니다. 경영권 프리미엄 감안해도……."

"이 경우엔 경영권 프리미엄이 아니라, 경쟁자 제거 프리미엄이 붙어야 맞겠죠?"

"예?"

"회장님, 두 회사 합병 시 국내 내장재 점유율은 HM인테리어가 80%나 독점하게 됩니다. 앞으로 내장재 공사는 부르는 게 값이 되겠죠."

"추 사장님!"

"뿐이겠습니까. 이런 가시적인 성과를 근거로 최영석 부회장은 이사회를 열고 단숨에 회장 자리에 앉을 겁니다. 그럼 경영권 프리미엄에 더해 백기사비도 저희가 받아야 하는 거 아닙니까."

오 사장은 웃음을 거두고 건조하게 말했다.

"지금 저희 간절함을 이용해서 값을 더 흥정하겠다는 겁니까?"

"촌스럽군요. 이런 자리에서 감성팔이라니."

"뭐? 감성팔이?"

"오 사장님, 한명건설이 내장재 진출할 때 우리도 간절하게 부탁했어요. 제발 서로 밥그릇 침범하지 말라고. 근데 그 간절한 부탁 들어주셨습니까?"

오 사장은 받아치려다 말고 한 회장의 얼굴을 살폈다.

신선놀음 구경하듯 흡족하게 웃고 있는 얼굴.

상황 돌아가는 꼴을 보니 추 사장 놈이 이 늙은이의 마음의 소리인 것 같았다. 어쩌면 사인하기 전에 이런 상황극을 준비했는지도 모른다.

"우리 추 사장님은 돈의 가치에 대해 잘 모르시는 분이군요. 2조 3천억이면 우리가 직접 지분 매입할 수도 있습니다. 그러길 바라십니까?"

"흥, 적대적 인수 합병? 절대 그 가격으론 안 될 텐데."

"못 할 것도 없지요."

"허세가 심하십니다. 최영호 회장님 타계 이후 지금 국세청이 한명그룹만 바라보고 있답니다. 부회장님 상속세 내려면 신용 대출까지 당겨야 한다죠? 당신들이 진짜로 돈으로 우릴 살 수 있겠어?"

역시나 대본이 맞다. 준비한 말인 게 확 티가 났다.

"그래서요? 우리랑 계속 경쟁하실 겁니까?"

오 사장도 한솔테크의 민감한 부분을 건드렸다.

"지금 한명이나 한솔이나 시장 독점하려고 계속 출혈 경쟁 하는 거 아니오. 언제까지 서로 적자 보면서 시공할 생각이오."

"우린 꽤 여유가 있어요. 한명건설이 상속세 때문에 총알 많이 떨어질 텐데."

"이런. 오늘 얘기하러 나온 게 아니구먼."

분을 참지 못하고 일어날 때, 한 회장의 근엄한 목소리가 들렸다.

"추 사장, 그 무슨 무례한 말이야. 같은 재벌 총수끼리 상속세를 함께 슬퍼해 줘야지. 아픈 자리에 염장까지 지르면 쓰나."

"……죄송합니다."

"오 사장, 결례를 용서하시구려. 원래 돈 오가는 얘기하다 보면 이런저런 얘기 나오는 거지."

"됐습니다. 이미 합병할 의사는 없……."

"받아 가게. 여기 내 사인이니."

한 회장은 부지불식간에 사인을 휘갈겨 서류를 내밀었다.

예상치도 못한 기습이었다.
"아니 이건……."
"아, 얼른 받아가. 인수 합병 안 할 거야? 노인네 손 떨어져."
엉거주춤 받아 가기도 잠시.
잡기 직전에 그가 손을 뺐다.
"대신 한 가지 약속은 꼭 지켜 줘. 나를 명예 회장으로 앉히고 우리 임원진들 자리 보장하겠다는 내용."
"……예?"
"허울만 씌워 놓고 여기 내부 분탕 칠 속셈이라면 단념하는 게 좋을 거야. 그렇게 딱 5년. 우리 체제 보장하고 그 뒤엔 당신들 마음대로 쓰게. 이게 내 마지막 조건이야."
이제야 상황을 파악했다.
자리 보장을 정확히 약속받기 위해 막판에 심통 한번 부린 것이다.
"네……. 꼭 그러겠습니다."
"죄송합니다, 오 사장님. 제가 결례가 많았습니다."
"아닙니다. 저야말로 흥분을 주체하지 못했습니다."
"그럼 당분간 잘 부탁드리겠습니다. '계열사'로."
경쟁사에서 단숨에 계열사가 되었다.
"네. 저도 잘 부탁드리겠습니다."
두 사람이 서로 악수하는 것으로 인수 합병 논의가 성공리에 막을 내렸다.

"말 꺼내길 잘했지?"

"네. 표정을 보니 꽤 당황했던 것 같군요. 딱 봐도 점령군처럼 임원들 물갈이 다 진행할 생각이었나 봅니다."

"고얀 놈들. 어디 늙은이를 속여. 뭐? 적장이 아니라 업계 선배? 하하."

회담을 마친 뒤.

한 회장은 고개를 뒤로 젖히며 웃었다. 말도 안 되는 소리지 않나. 한명건설은 치가 다 떨릴 정도로 일감을 몰아줬고, 자신들을 말려 죽였다.

공정위 관계자를 어떻게 구워삶은 건지 일감 몰아주기 신고도 안 먹혔다.

법조계, 정치계 꽉 잡고 말려 죽인 놈들이 진짜로 점령군 행세를 안 한다? 지나가던 소가 다 비웃을 일이다.

"그런데 회장님. 정말 여기서 끝을 내실 겁니까."

"무슨 말이지?"

"반응 보아하니 몇천억 더 불러도 넙죽 받아먹을 기세던데요. 가격을 더 받을 수 있었는데……."

회담이 너무 쉽게 풀리니 아쉬움까지 든다.

방금 분위기 봐선 5천억 선까지 맞춰 볼 수도 있지 않았나.

"2천억 더 받아서 뭐 하누. 임원들 퇴직금 몇 푼 더 챙겨주고 끝나겠지."

"하지만……."

"과욕은 금물이다. 자리 약속받았잖아. 어차피 놈들은 여기 점령하러 온 게 아니야. 가장 까다로운 적을 친구로 만들 작정이지."

상대 기업과 경쟁하는 낭만적인 시대는 갔다.

이젠 그 상대 기업을 바로 합병해 버린다. 바로 적대적 인수 합병이란 허울 좋은 이름으로.

한솔테크 입장에서도 더 이상 출혈경쟁 하며 한명과 싸울 수 없으니, 깽값은 다 받아 냈다.

"근데 공정위가 이걸 통과시켜 줄까요? 누가 봐도 적대적 합병인데."

"좀 걸립니다. 시장 독점이 보이는 문제데."

회장이 웃었다.

"그건 우리 손을 떠난 문제 아닌가. 기다려 봄세."

어쩐지 그 웃음에는 회한이 많아 보였다.

[한명건설, 한솔테크 인수 의사]

[내장재와 외장재의 합병]

[새로운 공룡 등장하나?]

건설업계 두 거목의 합병 소식은 여의도를 다시 투기판으로 만들었다.

HM인테리어는 한명건설이 막대한 일감 몰아주기로 급격히 성장한 회사고, 이젠 그 경쟁사까지 흡수하려 한다. 두 회사의 시장점유율이 80%를 웃도니, 사실상 독과점 시장이 열린 것이다.

차남의 구속으로 신고가를 갱신한 최영석 테마주가 다시 상한가를 치며 끝없이 치솟았다.

이제 한국에서 짓는 아파트는 전부 한명건설과 직간접적으로 얽힐 수밖에 없으니, 상당히 근거가 있는 베팅이었다.

─타라 흑우들아!

출혈경쟁 하던 경쟁 기업 한 회사가 된다! 시장점유율 80%는 부르는 게 값이 된단 소리다! 오늘 가격이 제일 싸다는 거 모를 흑우 없제?

─위대한 최영석 부회장님의 위대한 결단!

아시는 분 잘 아실 겁니다ㅋㅋㅋ HM인테리어, 정부에서 분양가 상한제 검토하니 최 부회장이 바로 설립한 회사죠. 왜~? 내장재는 분양가 상한제에 적용되지 않는 품목이거든요~ 요즘 아파트? 빌트인부터 발코니 확장까지 모든 게 다 옵션입니다~ 분양가 5억 아파트, 실입주금 6억이 된 세상이에요~ 이 말이 무엇이냐~? 한명건설이 아파트 수주 못 따도 인테리어는 따낸다는 겁니다~ 안 살 이유가 있습니까!

인수 가격 7천억 논란에 주가가 잠시 주춤거렸지만 아주 잠시일 뿐이었다. 시장점유율 80%는 그만한 웃돈을 주기엔 충분한 액수였으니까.

주식시장이 과열을 넘어 광기에 다다르자 금감원은 거래 정지까지 검토하기에 이르렀다.

덕분에 공정위 기업결합심사과 전 과장들이 집합당해야 했다.

"다들 기탄없이 말해 봐. 우리한테 시간 얼마 없는 거 알지?"

윤 국장은 금감원에서 온 공문을 내려놓으며 말했다.

그야말로 세기의 합병이다. 배달 업체 합병 심사 이후 최대의 합병 심사 아닌가. 당시 이 실무를 맡았던 윤 국장은 온갖 욕이란 욕을 다 주워들었다. 시장을 양분하던 경쟁사를 합병시키면 어떤 일이 벌어질지 몸소 체험했다.

"왜들 대답이 없어. 의견들이 없어?"

윤 국장이 신경질적으로 묻자 한 과장이 어렵사리 입을 뗐다.

"합병 거부가 맞는 것 같습니다."

"왜?"

"경쟁사를 합병시키면 어떤 욕을 듣는지 이젠 알지 않습니까? 배달비가 뛴 건 수요와 공급의 불균형인데, 사람들은 그렇게 깊게 생각하는 걸 싫어합니다. 이 사태 또한 결국 저희들의 책임으로 돌아올 겁니다."

"맞습니다. 잘 돼야 본전, 안 되면 우리 탓인 합병 심사를 들어줄 이유가 없죠."

"점유율 80%는 시장 독과점 우려가 나올 만한 수치입니다. 거부가 맞습니다."

한 사내가 총대를 메자 너도나도 우려의 의견이 쏟아졌다.

"그리고 이번 합병 심사는 굉장히 불순한 의도가 숨어 있지 않습니까."

"불순한 의도?"

"차남 제친 최영석이 경영성과 선전하려고 추진하는 사업이잖아요. 아직 주총이 열리지도 않았는데 이미 회장으로 추대되는 분위깁니다."

공정위가 이 장단에 놀아나 줄 이유가 없다. 합병은 거부하는 게 맞다.

"한명그룹과 관련한 외부적인 이유 말고. 나는 지금 법적인 근거를 묻는 거야. 진짜로 우리가 이 합병 거부해야 할 이유 있어?"

"국장님……."

"오해하지 마라. 나도 한명그룹에 10원 한 장 받아 본 적

없으니까. 근데 여론 의식해서 거부하는 게 무슨 공무 집행이야? 떼법이지."

"……."

"대기업 편들어 주기란 여론 의식하지 마. 우린 드라이하게 법적인 하자만 찾는다."

배달 업체 합병은 점유율이 90%를 넘었다. 모두가 다 배달 공화국이 될 거라며 공정위 결정을 질타했지만, 실제 시장에 미친 영향은 미미했다. 후발주자들 역시 비슷한 가격으로 배달비를 받았으니까.

"첫째, 합병 자체에 큰 하자가 있었나?"

"……."

"둘째, 인테리어 업계가 IT업계처럼 시장 문턱이 높나? 다른 경쟁자가 출현할 수 없을 만큼?"

"……."

"셋째, 지금 인테리어 업계는 부당한 이익을 보는 시장 구조인가?"

연달아 나온 세 질문에 모두 입을 다물었다.

적대적 합병이면 논란이 있겠다만 지금은 엄석대에게 굴복한 한병태처럼 경쟁 기업이 고개를 숙인 형국이다.

인테리어 업계는 수많은 경쟁자들이 있으며 딱히 후발 주자들을 원천 차단하지도 못한다.

"그럼 마지막으로 묻는다. 합병을 거부해야 할 이유가 뭐지?"

모두들 입을 열지 못할 때 처음 입을 열었던 사내가 다시 손을 들었다.

"지금 당장은 아니지만, 장기적으로 봤을 때 시장 질서를 저해할 요인이 있습니다."

"어째서?"

"한명건설이 시장가보다 무려 7천억이나 더 높은 가격으로 회사를 인수했잖습니까. 웃돈 주고 샀다는 건 당연히 남겨 먹을 여지가 보이기 때문이죠."

윤 국장도 그 의견엔 고개를 끄덕였다.

"그리고 한명건설은 일감 몰아주기로 이미 많은 고발을 당한 기업입니다. 물론 지금은 그 고발해 버리는 놈들을 편으로 만들어 버렸지만."

"장기적으로 봤을 때 더 지독한 일감 몰아주기가 예상된다?"

"예. 그런 점을 고려하면 합병 거부 기조가 맞는 것 같습니다. 그리고 국장님. 합병 외적인 요인을 하나만 더 말씀드려도 되겠습니까?"

"말해 보게."

"의도하든, 의도하지 않았든 최영석 체제에 힘을 실어 준 건 우리 공정위입니다. 그런 상황에서 최영석의 두 번째 시나리오까지 들어주면 여론이 결코 고운 눈으로 보지 않을 겁니다.”

이해하는 바다.

제아무리 떳떳하더라도 세상 사람들 눈을 의식하지 않을 수 없다.

“이런 점을 감안했을 때 합병을 거부하는 게 오히려 더 명분상 좋지 않나 생각합니다.”

과장들의 굳은 얼굴은 바로 이 의견과 뜻이 같음을 의미한다.

윤 국장은 가볍게 한숨을 쉬며 자리에서 일어났다.

“아무래도 이건 나 혼자 결정할 문제가 아니겠구먼. 오늘 회의는 여기까지 하자. 자네들 뜻은 알겠어.”

뉴스만 틀면 한명그룹 소식이었기에 돌아가는 사정을 모를 수가 없었다.

최영석이 급하긴 급한 모양이다. 아직 동생의 1심 결과도 나오지 않았는데, 벌써 합병 추진이라니. 이것이 이사회를 장악하기 위한 최영석의 포석이란 걸 모를 사람이 없다.

한명그룹은 이렇게 자연스레 최영석에게 넘어가는 걸까?

차남 최기석을 조사한 게 놈에게 날개를 달아 줬던 걸까?

복잡한 머릿속을 달래며 국장실로 향하니, 손님이 먼저 와 있었다.
“이 친군가?”
“응. 관상만 봐도 딱 나오지? 절대 윗사람 말 안 듣는 거.”
“하하.”
“이 과장, 인사드려라. 지금 자네 때문에 가장 골치 썩고 있는 윤형석 국장님이시다.”
준철은 넙죽 고개를 숙였다.
안 그래도 정말 미안하던 차였다. 요즘 한명그룹 때문에 기업결합심사과 사람들이 퇴근을 못 한다고 하지 않나.
“사람 고약하기는. 내가 언제 이 친구 때문에 골치 썩는다 그랬어? 아무튼 나중에 보자고. 또 봄세, 이 과장.”
애써 웃음을 지었지만 그늘을 다 감출 순 없는 법.
그가 자리를 뜨자 유 국장이 그를 대신해 눈을 흘겼다.
“네 탓 할 문제는 아니지만, 나중에 저 양반한테 소주 한잔 사라. 아니다, 내가 사마. 내 탓이지.”
“혹시 한명그룹 그 건 때문에…….”
“그거 아니면 왜 찾아왔겠어?”
유 국장은 서류 한 장을 내밀었다.
“이제 와 보니 우리가 차남 구속시킨 게 잘한 건지, 아닌 건지 모르겠다. 최영석이는 최기석보다 더 독한 놈이네. 아주 기다렸다는 듯이 움직여? 한명그룹 차지하면 더 악랄해지겠다.”

"……"

"얘기는 들었지? 합병 심사 들어갔다. 근데 양측 다 합의한 합병이라 거절할 명분이 없다."

다리에 힘이 살짝 풀렸다.

금산분리위반 혐의는 옳은 결정이었지만 결과적으로 최영석을 도운 조사였음을 부정할 수 없게 됐다.

"그럼 합병은 진행되는 겁니까?"

"그걸 안 시키려고 요즘 기업결합과가 퇴근을 못 한다고 한다. 이론적으로 거부할 순 있어. 그 합병 허가하면 시장 점유율 80%를 꿀꺽하는 거 아니야. 그 밖에도 여러 요소들이 거슬리기도 하고."

날 잡고 술 한잔 제대로 대접해야겠다.

그 여러 요소들 중에는 분명 종합국의 조사 결과도 포함되어 있을 테니.

"저희 때문에 많이 걸리죠?"

"그래. 뭐 네 잘못은 아니지만 사람 일이라는 게 그렇잖아? 최영석이 자기 동생 털려고 공정위 이용했는데, 그 공정위가 합병까지 승인해? 이건 사람들이 좋게 생각하지 않을 거다."

"충분히 오해할 수 있죠. 근데 국장님…… 절대 전 아닙니다."

"알아, 인마! 누가 너 보고 돈 받았대? 최영석이 일감 몰아주기랑 비자금 털어서 잠정 은퇴시킨 게 너잖아. 걱정하지 마라. 그 부분은 내가 저 양반한테 확실히 못 박았다."

까마귀 날자 배 떨어진 격이지만 사람이면 의심을 할 수밖에 없는 상황이다.

더군다나 차남 조사는 장남의 제보로 이뤄진 조사니, 확인하고 넘어가지 않을 수 없다.

"근데 이 과장, 나도 하나 물어보자."

"네."

"최영석은 이번 합병안 무조건 성사시킬 거다. 우리 쪽에서 거부하면 행정소송으로 갈걸."

"예. 실적 선전하려고 추진하는 일이니, 무조건 성사시킬 겁니다."

"실무자로서 이 합병 어떻게 생각하냐? 정말 냉정하게."

준철은 잠시 할 말을 잃었다. '정말 냉정하게'라는 말이 대답을 막는다. 최영석과의 악연을 생각하지 않았을 때, 정말 이 합병을 찬성하지 않을 이유가 있나?

솔직히 자신 없었다. 이게 무슨 상속세 안 내려고 비영리 법인에 주식 몰아준 것도 아니고, 편법을 쓴 것도 아니다.

"역시 쉽게 대답 못 하는군. 너처럼 물불 안 가리는 놈도."

"……어렵긴 하네요. 하지만 한명건설이 내장재 회사까지 합병하면 시장 독점은 불 보듯 훤한 일입니다. 최영석이 자기 경영 실적 선전하려고 추진하는 일이기도 하고요."

"근데 그렇다고 그냥 당할 놈들은 아니지."

합병 심사는 공정위가 주관하지만 기업들이 늘 이에 승복하는 게 아니다.

행정소송을 해 버려서 결정을 뒤바꾸는 일도 심심찮게 일어난다.

이번 사건의 경우 그렇게 흘러갈 공산이 무척 크다.

그냥 합병이 아니라, 왕좌를 차지하기 위해 추진하는 합병 아닌가.

"그래서 지금 기업결합국이 수를 쓰고 있긴 한데……."

"수요?"

유 국장이 목소리를 낮추며 말했다.

"그쪽에서 한솔테크 사람들을 만나기로 했다."

"아, 설마?"

"그래, 합병 심사를 그냥 그쪽에서 취소해 달라 말할 거야. 우리가 직접 거부하면 문제가 많아지니까."

절묘한 수다.

공정위가 합병을 거부해 버리면 법적 논란이 붙지만, 합병안 자체를 취소해 버리면 논란의 여지가 없으니.

가장 좋은 수다.

합병 당사자가 이를 철회하면 논란의 여지가 없어진다. 하지만

"우리 제의를 수락할까요? 언론에 발표까지 나온 거 보면

이미 큰 얘긴 다 물밑에서 합의됐을 거 같은데……. 패널티도 있을 거고요."

한솔테크가 이를 철회해 줄지가 미지수.

"물론 적당히 바람 잡아 줘야지. 우리가 몇 가지 안건 가지고 꼬투리 잡아 줄 거야. 두 기업의 합병을 곱게 보지 않는다는 걸 확실히 인식시켜 주는 거지."

"꼬투리 몇 개 잡는다 해서 한솔테크가 물러서진 않을 겁니다. 그쪽도 이 거래에서 얻어 가는 게 크니."

"그럼 하기 나름 아닌가."

확률이 얼마나 될지는 모르겠다. 하지만 이 방법이 최선의 대책이란 사실 만큼은 부정할 수 없었다.

"해서 말인데, 자네가 한번 직접 만나 볼래?"

"네? 제가요?"

"응. 윤 국장이 특별히 부탁하더라. 지금 한솔테크가 이용당하고 있다는 걸 이해시켜야 하는데, 그 적임자가 없다고. 자네는 최영석을 은퇴도 시켜 봤고, 승진도 시켜 봤잖아. 어때? 가장 큰 적임자가 자네 같은데."

그 부메랑이 이렇게 돌아오는구나.

"뭐 안 하겠다면 어쩔 수 없고. 어디까지나 부탁이었을 뿐이야. 부담 안 가져도……."

"하겠습니다."

"응?"

"최영석의 야욕을 실현시킨 게 전데 해야죠. 결자해지하는 심정으로, 최선을 다하겠습니다."

답지 않게 고개까지 바짝 숙이며 부탁을 해 온다. 이게 그렇게 석고대죄 할 만한 일인가.

"뭐, 이 과장 뜻이 그렇다면야. 그럼 윤 국장한테는 그리 말해 놓지."

금감원의 매매 금지가 무산되며 최영석 테마주는 한층 더 탄력을 받았다.

금감원의 현재 주식 폭등 사태를 '상당한 사유'로 인정했고, 증거금만 20%로 제한했다. 주가가 오른 이유가 충분하다고 판단한 것이다.

"부회장님, 이제 다 왔습니다. 금감원이 한풀 꺾인 거 보니, 합병은 무난하게 통과될 것 같습니다."

다시 모인 임원진들은 들뜬 표정을 감출 수 없었다.

금감원의 절대 단독으로 결정을 내리지 않았을 터. 이건 공정위와 물밑에서 합의가 된 얘기란 뜻이다.

최영석은 짐짓 근엄한 얼굴로 물었다.

"이 밖에 다른 사안은?"

"현재로선 없습니다."

"그럼 앞으론 있을 수 있어?"

"공정위에서 기업 간담회를 열겠다는군요. 안건은 당연히 양사 합병 문제입니다."

최영석이 끙– 앓았다.

늘 그렇지만 공무원들 얼굴은 볼 때마다 불편하다. 특히나 지금처럼 무언가를 허락받아야 하는 자리라면 더욱더.

"걱정 마십쇼, 부 회장님. 남은 절차는 어차피 요식행위 아닙니까? 합병안은 무사통과될 겁니다."

"맞습니다. 뭐 독과점이나 일감 몰아주기 논란은 경고 선에서 그치겠죠."

부회장 자신 또한 그리 생각했다.

합병 신청을 한 최영석은 늘 꿈을 꾸는 듯한 기분이었다. 이제 곧 왕좌가 코앞이지 않나.

동생 관련한 소식은 매일 안 좋은 뉴스뿐이다. 적의 악재는 곧 나의 호재였으며, 이제 정말 한명그룹의 안방을 차지할 것만 같았다.

"다 좋은데 너무 들뜨진 마. 아직 끝난 건 아니니니."

"네."

"일 다 마무리되면 허리 풀고 술 한잔하자. 오늘은 이만 끝내지."

임원들이 엉덩이를 들썩거리며 떠나갈 때, 부회장의 낮은 음성이 흘러나왔다.

"김 비서, 합병하고 난 이후 문제를 논하고 싶은데……. 어떤가?"

"예. 합병하고 난 후 한 달 안으로 이사회를 소집할 겁니다. 부회장님께선 회장님으로 추대되실 겁니다."

"그쪽 반응은 어때?"

"사실…… 반반입니다."

김 비서의 표정이 어쩐지 좋지 않았다.

"인수 금액 때문에?"

"예. 아무리 그래도 7천억이나 더 써서 인수할 만한 회사인가 하는 논란이 있습니다."

"멍청한 놈들. 장사 하루 이틀 해 봐? 시장 독점하고 나면 이자까지 쳐서 받아 낼 돈을 쯧쯧."

"그 과정에서 공정위와 또 마찰이 있지 않을까 하는 우려 같습니다."

독점하고 난 이후엔 더욱 지독히 일감을 몰아주고, 내장재 공사비용을 몇십 프로씩 올려 버릴 계획이다.

물론 그 과정에서 또 공정위와 마찰을 빚겠지만, 그렇다고 어쩌겠는가. 이미 경쟁사를 합병해 버렸는데.

"그건 걱정 마, 실적으로 보여 주면 돼. 우리 영업이익 높아지면 저절로 불만은 줄어들 거다."

"네. 그래서 합병 후 한 달 뒤로 이사회 날짜를 잡았습니다. 반대 세력들은 그 안에 설득하겠습니다."

"그 반대 세력 중에는 나라서 싫은 놈들도 있다."

"최 상무 쪽 세력들요?"

"그래, 그놈들은 어차피 내가 뭔 말을 해도 안 들을 놈들이니, 괜히 엄한 데 힘 빼지 마. 과반만 넘기면 된다."

구심점을 잃은 놈들이 할 수 있는 게 뭐가 있겠나.

기껏해야 투정 몇 마디, 반대표 몇 표 던지는 것뿐. 지금 상황만 보면 최 상무는 최소 징역 3년 이상이다. 반대하던 놈들도 머잖아 고개를 숙일 것이다.

최영석은 자리에서 일어나다 말고 물었다.

"아, 참. 그나저나 임원들 전망 믿어도 돼? 합병 무사통과."

"그 부분은 우려 마십쇼. 저희가 공정위에 줄기차게 사람을 보내서 저희 입장을 설명하고 있습니다."

"이상하네. 그쪽에서 딴지를 안 걸지 않을 텐데."

"저희도 세게 나가고 있습니다. 공정위가 미약한 근거로 합병 거부 시 법정 싸움을 불사하겠다고 협박하고 있습니다."

"듣던 중 반가운 얘기네."

"그 부분은 걱정 마십쇼. 금감원에서 백기 든 거 보면 이미 분위기는 나왔습니다. 정 억지를 부린다면 행정소송으로 망신 줘 버리면 됩니다."

합병은 거부당할 수가 없다.

인테리어 시장 문턱이 높은 것도 아니고, 이것이 건설 기

공정거래 위원회

업과 아주 무관한 사업도 아니니.

만약 공정위가 시답지 않은 이유를 들어 딴지를 걸면, 초호화 변호인단을 꾸려 놈들을 단단히 망신 줄 참이었다.

놈들도 질 걸 빤히 알면서 싸우는 바보들은 아니다.

"다음 주가 합병 심사 간담회입니다. 그거 끝나면 곧 정식 합병 발표 날 겁니다. 제가 마무리 잘하겠습니다."

만족스러운 대답을 듣고 나서야 최영석이 자리에서 일어났다.

"그럼 그렇게 믿고 있지.

업계에서 가장 뜨거운 화두임에 따라 합병 설명 자리는 즉각적으로 열렸다.

양측 사장급들이 대거 참석했으며, 한솔테크는 특별히 회장까지 자리에 참석했다. 언론의 보도대로 거절할 명분이 없는 합병이었으니, 사실상 오늘은 차담회나 다름없었다.

말단 석에 자리를 얻은 준철은 양측의 얼굴을 면밀히 살폈다.

한명건설 쪽은 인수를 했다는 자신감에 들떠 있었고, 한솔테크는 후한 값에 매물을 넘겼으니 미련도 없어 보였다.

합병 철회는 너무 크나큰 바람일까.

"그럼 시작하겠습니다."

윤 국장의 지시에 현안에 대한 짧은 설명이 이어졌다.

발언권을 얻은 한명건설 쪽이 먼저 포문을 열었다.

"저희 합병안을 가지고 세간에선 많은 우려가 나오는 걸로 알고 있습니다. 하지만 이는 대부분 근거 없는 억측이나 헛소문이죠. 책임 시공. 이것이 저희 한명건설의 목표입니다. 아파트를 짓는 것에만 그치지 않고, 내부 인테리어까지 확실히 하는 거죠. 이에 우리 한명은 한솔테크와의 합병이 불가피하다 판단했습니다. 한솔이 가진 업력과, 저희의 마케팅이 합쳐진다면 소비자들의 이익으로 귀결될 겁니다."

경쟁자 제거한단 소리를 참 길게도 한다.

윤 국장은 고개를 돌렸다.

"장밋빛 전망 일색인데 어째 핵심 설명은 빠진 듯합니다?"

"말씀하십쇼."

"두 회사가 합병 시 점유율이 무려 80%에 육박합니다. 시장에 불붙은 독과점 논란은 어떻게 할 겁니까?"

"아시다시피 인테리어 시장은 시장 문턱이 낮습니다. 저희가 과한 이문을 남기면 다른 경쟁자들이 이를 차지하겠죠. 저희는 시장을 더 차지하기 위해서라도 소비자들의 이익을 침해하지 않을 겁니다."

목소리에 자신감이 넘친다.

"그리고 지금 시장이야말로 양사가 지나친 출혈 경쟁을 해

왔습니다. 공사 건당 거의 적자 사업이었죠.”

“덕분에 가격이 싸졌으니 소비자에겐 이익인 시장 아니었나요?”

“기업은 이문을 추구하는 기업입니다. 이런 출혈 경쟁은 반드시 부실시공으로 이어질 수밖에 없죠. 아, 물론 저희들의 부실시공을 변명하는 게 아닙니다. 이 구조를 혁신하기 위해선 제 가격 시공이 필요하다는 겁니다.”

결국 가격을 올리겠단 소리다. 지금이 비정상적인 시장이고, 그걸 정상화하겠다고 핑계를 댄다.

하지만 이에 대해선 반박할 순 없었다.

과연 적자 사업인지는 몰랐지만 양 사가 치고받으며 거의 마진을 남기지 않았다는 건 업계에서 유명했으니까.

윤 국장은 다시 물었다.

“한명그룹과 관련한 일감 몰아주기 의혹은요?”

“그 또한 저희가 조심하겠습니다. 앞으론 더욱 책임 시공에 임하겠습니다.”

윤 국장은 더 이상 묻지 않았다.

합병에 대한 한명건설의 의지를 확인했으며, 거부 시 불복할 의사 또한 확인했다.

“좋습니다. 한명그룹 측 얘기는 잘 들었으니, 이젠 한솔테크 얘기를 들어 보죠. 잠시 자리를 비워 주시겠습니까.”

이에 한명그룹 측 오 사장이 쏘아붙였다.

"왜 우리가 자리를 비킵니까? 이건 양사 합병간담회입니다."

"피인수 기업에 특별히 물어볼 말이 있어서 그렇습니다."

"무슨 얘기요. 인수 기업이 듣지 말아야 할 얘기면 안 꺼내는 게 좋을 텐데요."

"그건 기밀 사안이니 빠져 주십쇼."

말이 끝나자 한명그룹 사람들 전체가 들고일어났다.

"대체 이 상황에서 기밀이 어디 있어요?! 이 자리는 양사가 함께하는 자리 아닙니까. 굳이 저희를 따돌릴 필요가 없는 걸로 아는데요."

"나 지금 범인 취조 하는 거 아닙니다. 각자가 하고 싶은 얘기 듣는 거지."

"무슨 말씀을 하실 건지는 알아야겠습니다."

"그에 대한 의무는 없습니다."

"그러면 저희가 자리를 비켜야 할 의무도……."

"그만들 하십쇼."

양측의 싸움을 중단시킨 건 한솔테크의 한 회장이었다.

한 회장은 차를 한 모금 비우더니 한명그룹에 눈짓을 보냈다.

"암만 이빨 빠진 호랭이래도 나 호랭이야. 이 늙은이가 이런 문제 하나 마무리 못 하겠는가."

"하지만……."

"오 사장, 분명 합병 이후에도 당분간 우리 경영진 체제를 인정하겠다 했지? 한데 이런 자리에서도 자리 못 비키는 건 우리에 대한 신의가 전혀 없는 거 아니야?"

"그, 그건 아닙니다."

"그럼 걱정 말고 비킴세. 내가 잘 마무리허이."

오 사장은 입을 앙다물더니 임원진에게 눈짓을 보냈다.

임원들이 우르르 일어나자 그는 윤 국장에게 쏘아붙였다.

"공정위의 본분을 지키십쇼. 공명정대하게 일 처리 하시길 바랍니다. 남의 잔칫상에 괜히 초치지 말고."

그가 간담회장 문을 닫고 나가자 회의실은 다시 썰렁해져 버렸다.

얼마간 긴 침묵이 흐른 뒤, 윤 국장이 준철에게 고개를 돌렸다.

"이 과장, 나보단 자네가 직접 말하는 게 낫겠지?"

막상 입을 떼려니 말이 잘 나오지 않는다.

시총 괴물인 한명그룹에 비하면 보잘것없는 기업, 한솔테크. 한 회장은 이 한명건설과 피 터지게 싸웠으며 수십 년간 1등의 자리를 굳건히 지켜 냈다.

한명건설이 웃돈 7천억을 쓴 것만 봐도 이 노인이 얼마나 눈엣가시 같은 존재인지 알 수 있다.

그리고 이 정적만 제거하면 7천억 이상의 수익을 낼 것이라는 것도 잘 안다.

"개인적으로 참 안타깝습니다. 한솔테크는 40여 년을 이어 온 내장재 시장의 전통 강자인데, 이렇게 한 번에 사라지다니."

"기업의 흥망성쇠는 다 하늘에 달려 있겠죠."

"그래도 회사를 너무 쉽게 포기하는 거 아닙니까?"

"웃돈 7천억이 어디 쉬운 금액인가요. 제값은 충분히 받았습니다."

정말 미련이 없는 걸까.

한 회장은 눈길도 주지 않으며 차를 홀짝였다.

"독대하는 자리에서 우리 회사 강점을 말하고 싶은 건 아닐 테고……. 그만 용건 꺼내시지요."

노련한 노인답게 눈치 한번 빠르다.

"저희는 이 합병안 거부할 생각입니다."

"거부? 무슨 근거로?"

"두 회사 합병 시 시장 독점 우려가 너무 크거든요. 아무리 진입 문턱이 낮은 시장이라지만 80%는 너무 큰 점유율입니다."

"한명건설이 그걸 두고 볼까요? 이 합병에 거부권 쓰면 법정 소송으로 가게 될 겁니다. 이 늙은이가 보기엔 법정 싸움은 공정위에 불리해 보이오만."

"그래서 부탁드리고 싶습니다. 이 합병, 철회해 주실 수 없습니까?"

노인은 눈길 한번 주지 않고 다시 차를 홀짝였다.

아무래도 이 모든 상황을 다 예상하고 있던 모양이다.

짧은 침묵 끝에 나온 목소리에선 짜증이 잔뜩 묻어 있었다.

"합병 철회라……. 허허, 나도 공정위에 하나 물어봅시다."

"말씀하세요.

"대관절 이제 와 이러는 이유가 뭐요? 우리가 한명건설의 일감 몰아주기를 고발할 땐 아는 체도 안 했잖습니까? 피 터지게 싸울 거 다 싸우고 이제 우리가 백기를 들겠다는데. 대체 이러는 이유가 뭐요?"

한명건설은 철옹성이었다.

전관을 얼마나 포섭했는지, 누가 봐도 일감 몰아준 정황이 번번이 무죄가 되었다.

그렇게 시장 점유율을 뺏겼던 걸 생각하면 아직도 이가 갈린다.

그 분노가 고스란히 느껴졌기에 쉽사리 입을 떼지 못했다.

"저희를 원망하는 부분은 이해합니다만……."

"이해한다면 그만두쇼. 보다시피 난 내일 당장 쓰러져도 이상하지 않을 노인이고, 한명건설을 이제 막 부상한 공룡 기업이야. 더 싸우라는 건 늙은이에게 너무 가혹한 처사 아닌가."

"……."

"거기다 웃돈을 7천억이나 더 받았는데, 이 정도면 나쁘지 않은 장사지. 앞으로 내장재 시장에 시장 독점이 이뤄지건 말건, 한명이 일감을 몰아주건 말건. 우리 알 바 아니요. 공정위가 소임을 다 하시오."

한 회장 입장에선 철회할 이유가 없는 합병이었다. 앞으로 일어날 내장재 시장 독점은 공정위가 일감 몰아주기를 방관한 대가다.

게다가 한명건설은 당분간 현 경영진 체제를 보장해 주겠다 약속했다. 대체 거부할 이유가 뭐란 말인가.

윤 국장은 뜻대로 대화가 풀리지 않자 결국 한마디 거들었다.

"한 회장님, 이게 다 이용당하고 있는 건 아시죠?"

"이용?"

"한명건설이 이 합병에 서두르는 건 최영석의 경영권 때문입니다. 곧 이 성과를 대대로 선전하며 이사회를 소집할 겁니다. 그 회장 자리에 앉기 위해."

"그걸 내가 신경 쓸 필요 있습니까. 알아서 하라고 하쇼. 남의 집안일엔 그다지 관심이 없으니."

공정위에 대한 원망인지, 아님 7천억에 대한 욕심인지 분간할 수 없지만 한 가지는 확실하다. 이미 한 회장의 마음은 떠났다는 것.

한 회장은 혀를 끌끌 찼다.

"에잉 싱거워. 독대하자고 해서 긴장을 다 했는데, 결국 합병 철회해 달라 소리였구먼. 이만 더 할 얘기 없으면 일어나겠습니다."

"잠시……."

"다시 말하지만 시답잖은 이유로 이 합병 거부하면 법원으로 가게 될 거요. 부디 망신을 자초하지 않길 빕니다."

그렇게 자리에서 일어날 때였다.

"정말 그 이유가 전부라면 7천억은 너무 싸지 않나요?"

준철의 말이 그의 발걸음을 붙잡았다.

"뭐라?"

"한명건설이 일감 몰아줘서 점유율 뺏기고 이젠 퇴장까지 해 주는데……. 이건 너무 싸잖아요. 그간 해 온 마음고생에 비하면."

"지금 무슨 소릴 하는 게요?"

"광을 팔았으면 값이라도 제대로 받아 가십쇼. 최소 2천억은 더 받아 내실 수 있을 겁니다."

"이 과장, 지금 무슨 소리야?

아무도 예상치 못한 말이었기에 윤 국장이 더 당황했다. 하지만 준철의 도발적인 말을 멈추지 않았다.

"저희가 바람 잡아 드리겠습니다. 여러 이유를 들어 합병 심사에 딴죽을 걸어 드리죠. 근데 어차피 지금 가장 아쉬운 건 최 부회장이죠?"

"그게 무슨……."

"그럼 한솔테크의 몸값은 더 치솟지 않겠습니까. 회사 넘기실 때 절까지 받아 가세요. 최소 2천억은 더 받아 낼 수 있을 겁니다."

우뚝 멈춰선 한 회장은 잠시 말을 잇지 못했다.

한명건설의 간절한 사정을 이용해 몸값을 더 높여 받자, 이건 한솔 임원진들 사이에서도 제기된 의견이다. 그 말을 공정위 조사관에게 들을 줄은 상상도 못 했다.

이렇게 되면 한명건설을 더욱 궁지에 몰 수 있다. 한솔테크의 갑의 지위가 더욱 공고해진다.

"대체 우리한테 그러는 이유는?"

"그간 공정위가 소임을 당하지 못한 것에 대한 보상으로 하지요."

"난 그렇게 멍청한 사람이 아닙니다. 공무원이 자기 일 못한 보상으로 기업 대신 깽값을 받아 내 준다니."

"뭐, 선택은 자유지만 저희는 방법을 알려 드리는 겁니다."

그리 말하더니 서류를 찢었다.

"자, 다시 원점입니다. 우린 오늘 1차 간담회에서 이 합병안을 거부할 겁니다. 시장독점 우려와 한명건설의 일감 몰아주기가 더욱 노골화될 수 있다는 게 그 이유죠."

"……."

"하지만 2차 간담회 땐 우리도 어쩔 수 없이 합병을 승인할 겁니다. 말씀대로 법정 싸움 가서 유리할 게 없으니까. 하니 더 받아 낼 수 있을 때, 받아 내세요."

한 회장은 엉거주춤 자리에서 굳어 버렸다.

갑자기 왜 공정위가 자신 편을 들어주는지 도통 모르겠다.

"이 과장, 이게 대체 뭐지? 설명을 해 봐."

간담회를 파하고 나왔을 때, 윤 국장의 노기 어린 음성이 날아왔다.

준철은 차분하게 답했다.

"반응 보니 글렀습니다. 이 합병은 못 막아요."

"못 막는 것과 별개로 왜 저쪽에 저런 제안을 했냐고. 우리가 지금 한쪽 기업 편들어 줄 때야?"

"당연히 아니죠."

"그럼?"

"한명건설이 더 돈을 쓸 수 있는지 보는 겁니다. 만약 한 회장이 돈을 더 요구하면 그쪽에서 분란이 생길 수도 있죠."

"그렇게 양 기업을 서로 이간질시키겠다는 거야?"

사실 이런 광경은 합병 심사에서 늘 있는 경우다.

법적으로 제동을 걸 순 없지만 탐탁지 않은 경우. 공정위가 계속 딴죽을 걸며 양 기업 싸움에 불을 붙인다. 이렇게 해서 무산된 합병 심사도 한 트럭이다.

하지만 지금은.

"말도 안 되는 소리야. 이 마당에 최영석이 1~2천억 더 못 쓰겠어? 부르는 대로 줄걸."

"그럼 그것대로 부담일 겁니다. 사실 전 무슨 수를 써도 이 합병 못 막을 것 같습니다. 그렇다면 승자의 저주라도 씌워야죠."

"독배를 마시게 한다?"

"예. 인수한 기업한테 큰 부담을 지울 겁니다."

합병을 거부 못 하더라도 좋은 경고가 될 것이다.

당국이 한명건설을 곱지 않게 보고 있다는 경고 메시지가 전달될 것이다.

"국장님, 저 한번 믿어 주십쇼. 이렇게 불씨를 지펴 놓으면 저쪽도 피 터지게 싸울 겁니다. 어쩌면 논의가 없던 일이 될 수도 있죠."

동의할 수 없는 방법이었지만, 윤 국장은 반박할 수 없었다.

방금 그 노인의 의지를 읽지 않았나. 절대로 자기 손으로 합병을 철회할 방법이 없다.

"내 참. 별 이득도 없는데."

그는 혀를 찼다.

"근데 이 과장, 자네 뭐 딴생각 있는 건 아니지?"

"예?"

"내가 모르는 무슨 큰 그림. 자넨 속이 아주 능물스런 사람이잖아. 이 그림만 봐선 자네 말이 잘 납득이 안 돼. 혹시 내게 말 안 한 다른 그림이 있나?"

"……그런 거 없습니다."

젊은 놈이 눈길을 돌리며 대답을 회피한다.

눈 하나 깜빡 않고 거짓말할 위인은 못 되는 건가.

하지만 더 이상 묻지는 않았다. 집요하게 묻는다고 대답할 놈도 아니다.

"그래, 뭐 아니면 말고."

"죄송합니다. 독단적으로 결정해서."

"아니야. 가만 생각해 보니, 이렇게 이간질시키는 게 나아. 잘했어."

윤 국장이 자리에서 일어났다.

"그럼 그렇게 해 봐."

그렇게 자리에서 떠나갈 때. 준철은 홀로 남아 생각했다.

한명그룹의 재정 상태는 누구보다 잘 안다. 이미 7천억의 웃돈으로 세간에선 말이 나온다. 과연 돈을 더 썼을 때 이사회 반응이 어떻게 변할까?

'……'

때론 키워서 먹어야 할 때도 있는 법.

이건 차지하는 게 실인, 승자의 저주가 될 수 있다. 재정 악화가 계속되면 최영석의 입지도 위태로워진다.

그때 딱 불씨 한 번만 불 지펴 준다.

'최기석…….'

차남 최기석은 아직 쓸 만한 패다. 최영석을 꺾어 줄 마지막 히든카드는 분명 이놈에게서 나올 것이다.

"뭐? 2천억을 더 달라고?"

간담회를 마치고 난 뒤, 한명그룹은 날벼락을 맞았다.

갑자기 한솔테크에서 인수 자금을 더 요구하지 않나.

"이 노망난 영감탱이가 어디서 홍정을! 이미 7천억도 더 준 거야. 절대 안 돼!"

최영석이 노발대발했지만, 임원들의 반응은 극히 냉소적이었다.

"부회장님, 지금 공정위에서 합병 거부 기류가 보이고 있어요. 독과점이 우려된다고."

"그걸 가지고 한솔 테크를 계속 압박하는 모양입니다."

다 차린 밥상인데, 누가 와 자꾸 똥물 냄새를 풍긴다.

이건 냄새에 그치는 게 아니라, 언제고 똥물을 뿌려 버릴 수도 있다.

"그러면 같이 버텨야지! 양사 합병 사인을 억지로 찍었어?

이런 굴곡 다 함께 이겨 내야 되는 거 아니야? 이걸 왜 우리한테 청구해.”

“냉정하게 생각하십쇼. 그런 상황에서 한솔테크가 합병을 거부를 받아들이면, 이 모든 게 다 물거품이 됩니다.”

물거품이란 말에 최영석은 진짜 거품을 물 것 같았다.

이미 이게 다 언론에 쏟아지며 왕좌를 차지하게 되지 않았나. 근데 말짱 허사가 되면 리더십에 손상만 입게 된다.

“어차피 7천억 쓴 돈 아닙니까.”

“…….”

“한솔에서 요구하는 돈 좀 더 채워 줘도 푼돈입니다.”

“2천억이 어떻게 푼돈이야?”

“어차피 시장 독점하면 단가 다 올릴 텐데요. 놈들은 하나만 알고 둘은 모릅니다. 결국 여기서 쓴 돈은 다 소비자들에게 전가되게 되어 있습니다.”

지금 당장의 손해를 생각해선 안 된다.

거대한 독점 시장을 차지했을 땐 그 이자까지 쳐서 몇 배는 더 가져갈 수 있으니.

“하아…… 그래서?”

“그쪽에서 2천억을 불렀습니다. 이 돈을 주면 확실히 끝까지 합병 철회 안 하겠다는군요.”

“옌장할, 그래도 2천억은 너무 커.”

“괜히 여기서 몇 푼 흥정하느니, 속 시원히 주는 게 낫습니다.”

임원들의 극렬한 말에 결국 그가 고개를 끄덕였다.

지금은 하나만 생각해야 한다.

동생의 빈틈을 타고 차지해야 할 왕좌.

그것만 생각하면 2천억쯤은 푼돈처럼 느껴진다.

“알겠다. 대신 똑바로 약속받아. 이젠 무조건 넘겨야 돼!”

질 끝판왕 사망
한명그룹
김성균 본부장
2차 왕자의 난

[속보 - 한명건설 추가 인수 자금 2천억]

[한솔테크를 2천억에 더 인수]

[승자의 저주? 총 프리미엄 9천억]

한명건설의 추가 인수 자금은 즉각 보도를 탔다. 7천억의 웃돈도 이미 큰돈인데 여기에서 2천억이 추가되었다.

아무리 시장 독점 프리미엄이라 해도 9천억은 한참 심한 금액이었다. 최영석이 왕좌에 얼마나 안달복달하는지 알 수 있었다.

블록딜 날짜가 일주일 안으로 정해졌고, 공정위는 따로 성명을 내지 않으며 사실상 합병 승인을 시사했지만 주가 추이는 영 시원치 않았다.

—이쯤 되면 업무상 배임 아니냐?

시장 독점도 좋다만 그렇게 큰돈 쓰면 이 인수가 무슨 의미? 경영 실적 내세우려고 최영석이가 눈 돈 거 같은데 이건 승자의 저주다!

—ㅇㅇ 정말 미친 거. 7천억도 큰돈인데 이 이상은 무리.

—뭐가 걱정? 내장재 점유율 못 봤어? 80%가 독점이다. 지금 난 손해는 소비자들한테 전가시켜서 뽑아 먹으면 됨.

—공정위가 등신임? 시장점유율 독점된 순간부터 관리 들어갈 텐데? 이젠 일감 몰아주기도 못 해.

—관리하면 뭐 해? 그럼 한명건설은 지금까지 공정위가 없어서 일감 안 몰아줬냐?ㅋㅋㅋ 어차피 다 조사 안 할 텐데.

—장기적으로 보면 이득!

주가 게시판에선 하루가 멀다 하고 갑론을박이 펼쳐졌다.

프리미엄 9천억. 제아무리 소비자들에게 피해를 전가시킨다 해도 본전 찾으려면 족히 10년은 걸릴 만한 액수다.

블록딜 날짜가 겨우 일주일밖에 안 걸리는 것도 문제다. 경영 실적 선전하기 위해 번갯불 콩 구워 먹듯 서두르는 모양새 아닌가.

—사기 합병!

최영석의 야욕을 위해 주주들의 쌈짓돈을 털어 먹는 합병!

최영석 테마주가 동력을 잃고 장에서 횡보를 그렸다. 한명건설을 차지하기 위해 눈이 돌아갔다는 게 주식시장의 냉정한 평가다.

이전과 확연히 다른 온도에 한명건설 임원진도 조심하는 눈치였다.

아무리 시장 독점이 가능하다 해도 1조원 대 돈을 더 준다는 건 있을 수 없는 일이다. 하지만 코앞에 둔 경영권 앞에서 회군할 수도 없는 법.

―어쨌거나 확실한 거 아님?

이제 확고부동한 최영석 체제.

2천억을 더 썼다는 건 확실히 인수한다는 얘기. 공정위가 암묵적인 승인을 보내 줬으니, 그룹 장악에 걸림돌은 없다.

합병 자체엔 논란이 많았지만, 한명그룹이 최영석 천하가 될 것이란 데엔 이견이 없었다.

"이게 진짜 자네 뜻인가?"

한명그룹과 한솔테크의 블록딜이 성공적으로 이뤄졌을

때, 윤 국장은 씁쓸한 얼굴이었다.

양측을 이간질시키려던 계획이 수포로 돌아갔다.

한명그룹은 블록딜 성공 이후 즉시 이사회 날짜를 발표했다. 표면상 양사 합병 설명회라 했지만, 실은 최영석의 회장 취임식이었다.

"이사회 날짜 바로 잡은 거 보니, 이제 거리낄 게 없다는 눈치야."

"네. 눈치 볼 게 없겠죠. 최기석 우호 지분은 구심점을 잃었고, 최영석에겐 경영 실적이란 것도 생겼으니."

"좋든 싫든 우리가 일조한 거 같은데, 이거 진짜 괜찮아?"

"국장님, 냉정하게 생각해 보십쇼. 양사 합병은 우리가 말린다고 될 게 아니었습니다."

"흠……."

"우리가 거부하면 법정 싸움까지 간다 하지 않았습니까. 이건 말릴 수 없었습니다."

윤 국장은 어금니를 깨물었다.

말마따나 말릴 수가 없는 합병이었다. 간담회에서 만난 한 회장은 이미 체념한 모습. 오히려 돈을 더 받으라 얘기했을 땐, 얼굴에 홍조를 띄웠다.

당사자가 이미 포기해 버렸는데, 여기서 부채질한다고 다 꺼진 불씨가 살아나는 게 아니다.

'시답잖은 이유로 거절해 봤자 법정에서 망신만 당하겠

지…….'

젊은 과장의 말이 맞았다.

독과점, 일감 몰아주기 등의 우려되는 부분이 있지만, 이것이 합병이라는 대세를 거스를 만한 흠결은 아니다.

법원은 당연히 합병 측 손을 들어 줄 것이며, 공정위는 망신만 자초할 것이다.

이를 바라보는 준철도 속이 좋진 않았다. 알면서도 당할 수밖에 없는 심정.

한솔테크의 인수 합병은 기정사실화됐으니, 이젠 최영석이 그룹을 장악하는 일만 남았다.

"그럼 이제 우리가 할 건 없겠군."

윤 국장이 서류를 내밀었다.

"합병 심사 승인 공문이다. 그래도 앞으로 일감 몰아주기, 독과점 같은 문제는 계속 주시할 거라고 경고는 남겨 뒀다. 이제 더 할 건 없지?"

"네."

"이사회 소집은 언젠가?"

"한 달 뒤입니다. 명목상 합병 설명회라 하지만 실은 최영석 취임식이 될 겁니다."

"그럼 한명그룹 총수도 정해지겠구먼."

대기업은 총수가 정해지면 공정위에 신고를 해야 한다.

그래야 대기업 집단 지정을 할 수 있기 때문. 앞으로 최영석이 가지고 있는 계열사는 상호 출자 제한, 지분 매입 금지 등의 제약이 따른다.

그래 봐야 미미하겠지만.

윤 국장은 이가 갈렸다.

매년마다 갑질, 일감 몰아주기로 소환 당하는 최영석 아닌가. 이제 그놈이 그룹 전권을 손에 쥐고 무소불위의 권력을 휘두른다. 앞으로 한명그룹의 포악함이 얼마나 더 심해질지 가늠도 되질 않는다.

"좋아. 어차피 말릴 수 없는 합병이었으면, 이젠 지켜 보기라도 잘해야지. 최영석 취임하면 그놈이 가진 계열사 면밀하게 살피자. 상호 출자 못 하고, 각 계열사 간에 편의 봐주는 일 절대 없도……."

그때였다. 준철의 핸드폰이 울렸다.

그리고 이를 확인한 준철은 사색이 됐다.

"왜? 무슨 전화야?"

그렇게 알람이 울리길 수 번.

이 젊은 과장 놈이 국장에게 보고하는데 전화를 안 꺼 놨을 리 없다. 그것도 진동이 아니라 벨소리. 이건 누군가의 전화를 기다리고 있단 뜻이기도 하다.

윤 국장은 직감적으로 깨달았다. 심상치 않은 전화라는 걸.

"누구지?"

그렇게 전화가 끊겼을 때, 준철이 낮은 목소리로 말했다.

"……최기석 상무 전화입니다."

승자의 저주란 말이 나돌았지만 이사회 날짜까지 잡히며 주가는 곧 안정세에 접어들었다. 경영권에서 멀어진 최기석 테마주는 끝을 모르고 추락했으며, 최영석 관련주는 더욱 공고해졌다.

금융 관계자들은 한명그룹의 불확실성이 없어졌다며 목표치를 앞다퉈 상향시켰다.

불구대천의 원수 최영석을 도와준 것 같아 마음이 좋지 않다. 하지만 준철보다 더 마음이 쓰린 이가 있었으니.

"오랜만에 뵙네요."

수인복을 입고 있는 최기석은 눈길도 주지 않으며 분에 차 있었다.

표정을 보아하니 자신의 재판 결과는 이미 안중에도 없는 눈치였다. 하긴 큰형이 이렇게 노골적으로 야욕을 드러낼 줄 누가 알았겠나.

증권 시장에선 벌써부터 자신의 우호 지분이 이탈하고 있단 소식이 들렸다. 구심점이 사라졌으니, 이제 곧 그들도 큰형 세력에 붙어먹을 것이다.

혹시 심경 변화가 생겼으려나.

"최근 한명그룹 관련 사안은……."

"변호사가 그럽디다. 실형은 깎아 봤자 3년이라고."

첫마디부터 공격적이다.

"근데 3년이면 형이 그룹을 삼키고도 남아. 내가 가진 금융계열사까지 삼킬 수도 있고."

대답 없이 고개만 끄덕였다.

위기감에 대해 정확히 이해하고 있는 눈치다. 그는 허탈하게 웃으며 자기 수인복을 가리켰다.

"이 옷을 최소 3년 이상 입어야 한단 소리겠지. 당신 바람대로 됐구먼. 소감이 어떠쇼."

"내 바람?"

"당신이 내 임원들 약점까지 잡아 뒤흔들었잖아. 나 하나 묻어 버리려고! 비통한 척하지 마. 큰형한테 받을 선물 생각하면 궁둥이가 들썩거리지? 무슨 약속 받았어. 은퇴 후 재취업 자리? 아님 출세 코스?"

아직도 최영석과의 관계를 의심하는 모양이다.

하긴 돌아가는 꼴만 보면 그 분노가 해결사인 준철에게 향하겠지.

최영석에게 얼마나 큰 원한을 가지고 있는지는 설명할 필요가 없다. 설명해 줘도 모를 테고.

"그래서 분풀이하려고 불렀습니까."

아직 놈은 분노에 가득 차 있다. 염장 한번 질러 줘야겠다.

"예상하는 대로 될 겁니다. 부회장은 한솔테크 합병안을 대대적으로 선전할 겁니다. 사실 저 내장재 회사 합병은 선전할 만하죠. 인수금이 좀 높긴 하지만 한명건설의 이익은 그것보다 더 상당할 겁니다."

"이제야 본색을 드러내는 거냐!"

"아직 내 말 안 끝났어요. 사람들은 리더십 공백을 싫어합니다. 이사회는 곧 최영석 부회장을 회장으로 추대할 겁니다. 지금은 반발 세력이 있겠지만 곧 그 세력도 꺾을걸요."

"이, 이 자식이!"

"한마디로 당신 우호지분도 다 큰형한테 고개 숙일 거란 겁니다."

우호 지분 뺏기면 끝이다.

한솔테크 합병으로 독과점과 일감 몰아주기가 예정되어 있는 상황. 큰형은 경영성적뿐 아니라, 앞으로 실적으로도 증명할 것이다.

한번 뺏긴 우호 지분은 절대 돌아올 리 없다.

어쩌면 그들은 최영석에게 확실한 충성심을 보이려, 차남을 금융 계열사에서까지 몰아낼 것이다.

"이 끄나풀 새끼!"

생각이 예까지 미치자 욕지거리가 튀어나왔다.

태도를 보니 이미 재판 결과를 포기한 모양이다. 아니면 조사 담당자를 이렇게 대할 리 없지.

"끄나풀 아니라 말씀 드렸습니다만."

"이래도 아니라고? 네가 날 이렇게 만들고 나서 큰형이 바로 움직였어! 이래도 아니야."

"그러니까 왜 말을 안 들어요. 말했죠. 최영석 부회장 찌를 수 있는 자료 넘기라고. 그거 넘기면 서로 동등해졌는데, 나 못 믿어서 못 넘긴 거 아니요."

놈의 입이 다물어졌다.

"날 끄나풀로 생각하니, 안 넘겼겠죠. 아닙니까?"

"……."

"이제부턴 마음대로 생각하세요. 내가 그 증거 받아서 인멸하겠습니까? 나 못 믿으면 이대로 경영권 넘어가는 거 보세요."

그쯤 말하고 자리에서 일어섰다.

분한 심정, 못 믿는 심정 다 이해하지만 어쩌겠는가. 형의 치부를 가져오면 누구보다 앞장서 칼질해 주겠다는데 못 믿겠다면 어쩔 수 없지.

그렇다면 이제 남은 수순은 자신이 감당할 수밖에 없다.

"잠깐!"

그렇게 나가려 할 때, 그가 덜컥 손목을 잡았다.

"정말…… 정말 아니야?"

"뭐가요."

"당신이 끄나풀이 아니라는 증거……. 정말로 당신이 끄나풀 아니야?"

"그만합시다. 슬슬 질리려 그래."

준철은 거칠게 손목을 뿌리치며 나가려 했다.

"내, 내가 형님 약점 가지고 있소!"

그때, 준철의 발걸음을 붙잡는 목소리가 들렸다.

준철은 움찔거리며 뒤를 돌아봤다. 이에 그는 서류 가방을 들어 한 자료들을 내밀었다.

"이게 지금까지 내가 파악한 큰형 약점이야."

"뭐?"

"당신 말대로, 큰형이 내 약점 잡은 것처럼 나도 그 사람 약점 잡았다고. 내가 이거 제출하면…… 이사회 막아 줄 수 있나?"

형을 찌를 수 있는 큰 약점?

잠시 당황했지만 곧 이성을 찾았다. 놈에게 약한 모습을 보여 줘선 안 된다.

"얼른 대답해 보쇼. 막아 줄 수 있습니까."

잠시 대답이 없자 최기석은 한껏 더 달아올랐다.

이럴 땐 대답을 잘해야 한다. 협상의 제1원칙이 밀당 아닌가.

"이사회를 막으려면 보통 큰 건이 아니어야 할 텐데요."

"스케일은 내가 장담합니다. 한명그룹을 무너뜨릴, 아니

어쩌면 이 정권이 무너질 수도 있을 만한 건이니까."

"그렇게 좋은 칼을 왜 지금까지 들고만 있었어요."

"나조차도 감당 못 할 스케일이었으니까. 사실 형이 선만 넘지 않았다면 나도 이 문제는 건들고 싶지 않았어."

정권을 무너트릴 수도 있는 정보라.

굳은 그의 얼굴은 허풍이 아니란 걸 말해 준다.

"들어나 봅시다."

"그 전에 약속부터 받읍시다. 내가 정말 정보 넘기면 큰형 무너뜨릴 수 있나?"

"내 조사 이력 보면 아시겠지만 내가 스케일 크다고 도망갈 위인은 아니에요. 이렇게 허풍 떨고 막상 별거 없으면 내 얼굴 두 번 다시 볼 생각 말아요."

"한명건설이 따낸 아파트 십여 곳이 다 로비로 따냈어."

"……뭐?"

"전직 국토부 장관부터, 현직 의원까지 없는 이름이 없다고. 건설사끼리 담합해서 따낸 아파트 수주, 그리고 그걸 눈감아 준 관료 실세들. 이게 큰형의 영업 방식이었다고."

"……그런 음모론은 지라시에 늘 떠돌아다니는 얘깁니다만."

"당연히 난 음모론 수준의 의혹이 아니지. 명확한 증거랑 이를 증언해 줄 만한 증인도 있소. 이게 우리가 파악한 명단이야."

약한 모습을 보이지 않으리란 다짐이 순식간에 무너졌다.

한명건설이 비리로 점철된 회사라는 건 익히 알고 있다. 김성균으로 살 때, 부회장을 대신해 떡값도 돌렸으니까.

최기석이 내민 명단은 김성균의 기억과 상당히 맞아떨어졌다. 거기다 이를 뒷받침할 만한 계좌 내역과 증언까지 나왔다.

그 내역을 하나씩 확인하다 보니 손이 떨려 오기 시작했다.

"어떻습니까. 이래도 내가 허풍 같소?"

말문이 막혔다.

이 정도면 왜 약점을 잡고도 발설하지 못했는지 납득이 간다.

"아니오. 눈으로 보니 믿기는군요. 근데 이 정도 스케일이면 그냥 검찰에 가져다줘도 될 텐데."

"검찰은 절대 안 돼. 서울지검장부터 총장까지 떡값 안 받아 먹은 놈이 없거든. 이거 가져다주면 내가 변사체로 발견될걸."

소위 말하는 자살을 당하는 시나리오다.

"그런 자료를 나한테 넘기는 이유가."

"역시 사람은 직접 맞아 봐야 알아. 큰형 칠 땐 그냥 미친 놈이겠거니 싶었는데, 직접 조사당하니 얼마나 매운 놈인지 알겠어."

"……."

"나는 그 박력이 마음에 듭니다. 떡값 받은 놈들은 그렇게 물불 안 가리고 날뛸 수 없거든. 왜요, 막상 내가 자료 넘기니 감당 못 하겠나."

혹시나 포기할까 싶어 살살 약도 올린다.

"그럴 리가요. 잡으려면 특검으로 잡아야겠는데 그럼 검찰이 더 빠르지 싶었습니다."

"대답 한번 마음에 드는군."

식은땀 흘리고 있을 게 빤한데 제법 여유로운 척도 한다.

사실 최기석은 이미 제정신이 아니었다. 고위직 장관부터 현역 의원들까지 거론된 명단. 이건 형 하나 끌어내린다고 끝날 문제가 아니다. 지금 놈은 자폭 스위치를 누르고 눈을 질끈 감은 상태다.

"소, 솔직히 그쪽에서 먼저 시작한 거 아니야. 나 구치소에 처넣은 동안 기다렸다는 듯 이사회 작업을 하고 있네? 아직 1심 결과도 안 나왔는데?! 난 거기서 이미 눈 돌아갔어. 내가 뒈지더라도 이건 끝장을 볼 거야."

이 정도면 동기부여로는 충분하다.

"좋습니다. 그럼 일단 검토해 보죠."

"이건 혹시나 하는 말인데……. 내가 혹시 이 자료를 넘긴다면."

"감형 말씀하시는 겁니까."

"……구차하지만 나한텐 급해."

이 정도 선물은 준비했다.

"검찰에 얘기해 놓겠습니다. 실형은 3년 정도. 하지만 집행유예는 절대 안 됩니다."

"이보세요, 과장님. 내가 넘긴 정보의 질도 있잖습니까. 어떻게든……."

"3년 때린다고 그 3년 다 정직하게 살다 나올 거예요?"

"……."

"어차피 경제인 특사나 가석방, 사면 모든 카드 다 써서 반도 안 채우고 나올 거 아닙니까. 이 정보가 실형 면제에 대한 대가라면 나도 더 이상 듣지 않겠습니다. 한명건설이 형님한테 넘어가는 거 구경하시죠."

궁둥이를 슬쩍 들자 다급하게 손이 날아왔다.

"알겠습니다! 드릴게요!"

최기석은 진땀을 쓸어내렸다. 애초에 이놈과 흥정하려 했던 자신이 잘못한 일이다. 이런 부류는 절대 먹히지 않는다.

그는 손을 부들부들 떨며 나머지 자료도 내밀었다.

여기엔 또다시 정계 거물들이 거론됐고, 그들이 어떤 방식으로 얼마의 돈을 받았는지 자세히 나와 있었다.

건설사끼리 담합해 공사비를 부풀리고 일감을 나눈 정황도 나와 있다. 너무도 단순한 이 방식은 당국이 충분히 적발할 수 있는 수준이었지만 아무도 문제 삼지 않았다. 위에서 모두 입막음시켰기 때문이다.

모든 자료를 다 검토했을 때 입에서 작은 탄성이 나왔다.

이건 전무후무한 건설 비리로 기록될 것이다.

"그러니까 현금 지급할 땐 다 차떼기로 지급했다는 거죠."

차떼기는 자동차에 현금을 가득 담고 배달하고 오는 것을 뜻한다.

"네. 확실히 뒷돈 많이 받아 본 실력자들답습디다. 현금 아니면 절대 안 받는 부류도 있었어."

"근게 그러면 처벌 어렵습니다. 현금은 원래 처벌이 어려워요."

"이 배달 기사도 우리가 확보했어. 연락처 나와 있으니, 친절하게 응대해 줄 겁니다."

"이 정도 의혹이면 그 사람 신변이 위험할 수 있는데……."

"걱정 말아요. 내가 아는 해외로 도피 갈 수 있게 다 짜 줬으니."

그러면 중간에 돌아설 일 없다.

자료 내역을 하나하나 확인한 준철은 자리에서 일어섰다.

"고맙습니다. 이 자료는 좋은 데 쓸게요."

"혹시나 하는 말이지만……."

"걱정 말아요. 이 자료 가지고 최영석한테 붙어먹을 생각 없으니까. 그리고 형량은 안타깝지만 죗값을 치러요. 내가 해 줄 수 있는 말은 여기까집니다."

전국 아파트 20여 곳. 총 로비액수 4천억 원.

거론된 여야 의원들 이름만 해도 십수 명이다. 국토부 관계자를 포함한 고위직들은 헤아릴 수 없을 만큼 많다. 부동의 건설 업계 1위는 이런 더러운 짓을 바탕으로 이룩한 성과인 것이다.

자료를 검토하던 유 국장은 간간히 한숨을 내쉬었다. 터지면 그야말로 지상 최대 토건 스캔들 아닌가.

"처음부터 말해 봐. 이 자료 어떻게 입수했지?"

예상외로 목소리가 차분하다. 큰 사건만 보면 일단 하지 말라고 노발대발하던 양반인데.

"최기석에게 받았습니다."

"최기석이면…… 한명그룹 차남?"

"네. 주총 앞두고 나니 심경 변화가 있던 모양이군요."

유 국장이 눈살을 찌푸렸다.

"걱정 마십쇼. 이거 가지고 형량 협상한 거 없습니다. 어차피 3~4년 떨어져도 특사, 가석방으로 나올 놈 아닙니까."

"그래도 뒷말 조심해라. 이 과장 너 이번에 너무 위험한 줄타기를 하고 있어."

큰형한테 받은 자료로 동생을 찔렀고, 그 동생한테 받은 자료로 큰형을 찔렀다.

"네. 조심하겠습니다. 언론엔 최대한 익명 제보라 둘러 댈 생각입니다."

"아무튼 지금 이 자료 신빙성은 상당하다는 거네."

"그렇습니다."

최상급의 요리 재료를 배달 받았는데…… 요리사가 없다. 어떻게 요리해야 할지도 문제고.

준철은 유 국장의 고민을 예상이라도 한 듯 먼저 불을 지폈다.

"국장님, 그냥 이 사건은 처음부터 시끄럽고 요란하게 가야 됩니다."

"뭐?"

"특검요. 여야 의원들에 전직 국토부 장관까지 돈 받아먹었는데 어떻게 조용히 조사가 되겠습니까. 처음부터 공론화시켜 버려야 합니다."

언론플레이라면 학을 떼는 유 국장이었지만 이번엔 반대하지 못했다. 능히 그럴 만한 스케일 아닌가.

하지만 하늘이 결정 내린다는 말이 있다.

"요란 떠는 거? 좋지. 맘 같아선 나도 백번 그렇게 하고 싶다. 국민들이 다 알고 있어야 암살이라도 안 당할 거 아니냐."

"예."

"근데 네 말대로 여야 의원들 나란히, 그리고 전직 장관들까지 연루됐어. 이렇게 사이좋게 나눠 먹은 돈은 절대 특검

안 열린다.”

“그러니까 더욱 여론 조성에 열을 올려야죠. 국민들의 압박 수위가 커지면 청와대도 길게 못 버팁니다.”

“그게 말이나 쉽지…….”

“특검을 거부하는 놈이 범인이다. 이 프레임으로 가면 여당이든 야당이든 무너지게 돼 있습니다.”

여야 의원들 나란히 거론된 금융 범죄가 늘 안 밝혀졌던 건 아니다.

국민들의 특검 요구가 높아지면 울며 겨자 먹기라도 결국 백기 들게 돼 있다.

“하면 어떻게 하게?”

“일단 최영석이 기소부터 하겠습니다. 한창 이사회 준비하느라 정신없을 텐데 지금이 적기입니다.”

“구속영장도 칠 거야?”

“네. 형 동생 나란히 구치소 동기 만들어야죠. 그놈 바깥에 두면 증거 인멸 신나게 할 겁니다.”

과연 검찰이 여기까지 도와줄까. 거론된 이름 중 상당수가 법조계 출신인데.

“알았다. 일단 돌아가라.”

“국장님…….”

“안 하겠다는 거 아니다. 이놈아, 딴 사람은 몰라도 위원장님께는 보고드려야지. 이 정도 스케일 사건을 뉴스 보고 아셔야겠냐?"

"아, 아닙니다."

"입찰 담합도 많아서 위원장님도 안 하라곤 못할 거다. 걱정 말고 돌아가."

준철이 꾸벅 인사를 하고 나가자 깊은 한숨을 내쉬는 유 국장이다.

내 표정이 저러 했을까. 박수철 공정위원장에게 이를 보고하니 깊은 한숨이 들려왔다.

박 위원장은 몇 번이나 같은 자료를 다시 봤고, 통탄의 한숨을 내뱉었다. 건설 업계 비리가 원체 스케일이 크다지만 이건 그 정도를 뛰어 넘는다.

TV만 틀면 나오는 현역 의원들에 전직 장관. 게다가 그들이 어떻게 돈을 받았는지에 대한 정황까지.

너무나 생생한 증거들 앞에 더는 부정하기도 힘들었다.

"유 국장 때문에 내가 제 명에 못 죽겠구먼. 끊었던 담배가 생각날 지경이야."

"……죄송합니다."

"자네가 죄송할 건 없지. 뇌물 명단에 자네 이름은 없던 걸? 그리고 자네도 피해자 아닌가. 그 이준철인가 뭔가 하는 놈이 가져왔다고?"

"예……. 그렇습니다."

"유 국장, 이건 혹시나 해서 하는 말인데. 한명건설이 지금 한솔테크 인수한다고 9천억인가 더 썼잖아. 혹시 오늘 이 날을 위해서 사내 유보금 거덜 낸 거야?"

"그건 아닙니다. 정말 우연찮게 차남에게 제보가 왔다고 들었습니다."

"그래, 그거면 됐다. 그놈 배후에 장남이나 차남 있는 거 아니지?"

"아닌 것 같습니다……. 아니, 아닙니다."

박 위원장은 심호흡 한 번 하며 물었다.

"좋아. 그럼 이제 제대로 논의해 보자. 이거 어떻게 특검 열래?"

끝판왕 사망
한명그룹
김성균 본부
악연, 끝냅시다

한명건설의 조바심을 증명하듯 블록딜은 금방 이뤄졌다. 최영석은 사내유보금에 사재까지 털어 한솔테크 지분을 사들였다.

정부의 고용 · 투자 압박에도 굴하지 않고 모아 온 알토란 같은 돈들이다.

이로써 한명건설의 사내유보금은 거덜났으나, 다가올 독점 시장을 생각하면 무모한 금액도 아니다.

걸림돌 제거하고 잔디까지 깔아 놨으니 이젠 실컷 달리는 일만 남았다.

합병 문제가 마무리되자 한명건설은 곧 이사회 공고를 띄웠다.

맹렬히 타오르는 주가는 벌써부터 최영석의 회장 취임을 축하해 주는 듯했다.

그렇게 이사회 당일.

언론은 '대관식'이란 이름까지 붙여 가며 현장을 생중계했다.

대한민국 최대 재벌 그룹의 후계자가 정해지는 날이니, 대통령 취임식 못지않은 관심이 쏟아졌다.

약속한 시간이 다가오자 이사회장엔 냉랭한 긴장감이 일었다.

오늘은 누군가에겐 축배의 장이나, 다른 누군가에겐 항복 서명의 날이다.

최영석의 측근들은 이미 한 계단씩 승진한 듯 얼굴이 밝았고, 최기석 우호 지분들은 그 모습을 가만히 노려보기만 했다.

하지만 이미 구심점을 잃은 그들이다. 최영석의 회장 취임을 막을 수 없다는 걸 누구보다 잘 알고 있었다.

-안녕하십니까, 이사진 여러분. 지금부터 한솔테크 인수합병 결과와 향후 시장 전략에 대해 발표하겠습니다. 모두 자리에 착석해 주십시오.

오늘 이사회 소집의 형식적인 안건은 양사 합병안이었다.

피피티엔 한솔테크 사옥에 HM인테리어 간판이 걸린 모습이 나왔다.

—현 대한민국 인테리어 시장은 한솔과 한명건설의 피로 세웠다 해도 과언이 아닙니다. 양사의 무의미한 출혈 경쟁은 부실 공사란 부작용만 키웠습니다.

이런 의미에서 봤을 때, 합병은 양사에게 절실한 안건이었습니다. 이제 더 이상 소모적이고 무의미한 가격 경쟁은 없습니다. HM인테리어는 질적으로 향상된 서비스, 그리고 제값 받는 서비스를 제공하여 소비자들의 만족도를 더 높일 것입니다.

독점 시장이 열렸으니 이제 소비자들의 등골을 빼먹겠다, 이 한 줄이면 되는 설명을 장장 두 시간에 걸쳐 홍보했다. 이를 주도했던 최영석의 성과를 더욱 크게 홍보해야 했기 때문이다.

이러한 속사정을 알았기에 이사진들은 시큰둥하게 발표를 들었다.

어차피 이 모두 메인 요리가 나오기 전의 에피타이저 아닌가.

진짜 중요한 건 이 그룹의 주인이 누구인지다.

—그럼 이로써 양사 합병안이 통과되었음을 공표합니다.

지루한 에피타이저가 끝나자 이사진들 눈빛에 다시 생기가 돌았다.

―그리고 다음 안건은 한명그룹의 회장 선임안입니다.

본 건이 등장하자 다시 팽팽한 긴장감이 감돌았다.

―아시다시피 최영호 회장님의 타계 이후 한명그룹은 혼란의 도가니였습니다. 그룹은 잇속과 계파 갈등으로 사분오열 되었고, 정작 중요한 현안은 계속 뒤로 미뤄져 왔습니다. 엎친 데 덮친 격으로 차남 최 상무는 수인복까지 입게 되었습니다. 절체절명의 위기라 해도 과언이 아닐 것입니다.

여기저기서 불만의 헛기침이 들린다. 그걸 주도한 게 누군데?

―하지만 계속 과거에 연연해 대승적인 결단을 미룬다면 그룹에 미래는 없습니다. 다변화하는 글로벌 시장에서 살아남으려면 신속한 의사 결정과 이에 책임을 지는 경영자가 필요합니다. 과거의 악연을 뒤로하고 우리 모두 그룹의 미래 하나만을 생각합시다.

정치든, 경제든, 역사든 과거를 잊자 말하는 놈들은 꼭 잘

못한 놈들이다.

생각보다 조용한 반응에 최영석과 그 측근들은 입술이 씰룩거렸다.

불만 세력들이 이때쯤 한번 깽판을 칠 것으로 예상했는데 너무 조용하지 않은가.

—이에 대해 의견 개진할 이사진이 있다면 기탄없이 말씀해 주십시오.

멍석도 깔아 줬지만 입을 여는 이는 없었다.

조금은 기이하게 느껴졌다.

최기석 우호 지분도 대거 참석한 자린데, 어째서 한마디 말이 없을까. 이미 자기 주군에겐 희망이 없다는 걸 깨달은 걸까.

—없다면 바로 안건에 부치겠습니다. 구성원 중 회장 추천 인사가 있다면 발표해 주십시오.

회의장 모든 시선이 삼남 최만석에게 향했다. 오늘 이 자리에서 유일하게 발언권을 가진 자다.

최만석은 슬쩍 엉덩이를 들더니 말했다.

"한명건설 최영석 부회장을 대표이사로 추천합니다."

최영석은 일어나 고개를 꾸벅 숙이며 단상으로 올라갔다.

—감사합니다. 또 추천 인사가 있습니까?

이미 짜고 치는 판이니 더 이상 추천자가 나올 리 없다.

—입후보자가 한 명밖에 되지 않으니 찬반 투표로 진행하겠습니다. 먼저 반대하시는 분, 거수하여 주시길 바랍니다.

사실 찬반 투표도 필요 없었다. 이사회장에서 입후보자가 한 명이면 자연 당선이다. 하지만 과반 이상 확보해 명분을 확보하겠단 최영석의 의지였다.

그리고 예상했던 대로 결과는 압승이었다.

반대 임원 서넛이 보였지만, 고작 지분 3%도 되지 않는 핫바지들. 어차피 이놈들은 골수 최기석파로 경영권만 삼키면 모두 처단해 버릴 놈들이다.

오히려 눈에 띄게 행동해 주니 편하다.

—그렇다면 찬성하는 사람은 손을 들어 주십쇼.

이에 나머지 임원들이 모두 손을 들며 찬성의 뜻을 내비쳤다.

이미 예고된 결말이었다.

-그럼 한명그룹의 회장 선임안은 이것으로…….

그때였다.

"안 됩니다! 지금은 중요한 회의 중이에요!"

"회의? 우린 더 중요한 공무 집행 중이에요. 얼른 비키세요."

"아, 공무 집행이고 나발이고 안 된다니까!"

"어쭈? 지금 내 몸 건드렸어? 당신 이름 뭐야? 공무 집행 방해로 콩밥 한번 먹어 보자."

"건든 게 아니라 슬쩍 스쳤……."

별안간 문 바깥에서 소란이 들리며 회의장 정문이 와당탕 열리고 말았다.

예기치 못한 상황에 다들 어리둥절한 얼굴. 미처 상황 파악도 못 하고 있을 때 웬 양복쟁이 사내들이 들이닥쳤다.

"뭐, 뭐야?"

"무슨 일이야?"

최영석 측근들이 일제히 일어나 단상으로 올라갔다. 무슨 일인지는 모르지만 주군을 보호해야 한다.

"당신들 웬 소란이야! 이 자리가 어떤 자린지 알아?"

"뭔 일인지는 모르지만 썩 나가쇼! 이게 지금 뭐 하는 짓거리야."

그렇게 짖어 댈 때 멀리서 익숙한 얼굴이 다가오기 시작했다.

그 얼굴을 확인한 최영석은 서서히 얼굴이 굳어졌다. 다가오는 이가 다름 아닌 준철이었기 때문이다.

준철은 표정 변화 없이 그에게 다가갔다.

주변에서 들리는 소란은 귀에 들리지 않았다. 김성균으로 죽고 난 이후 단 한 순간도 부회장을 잊어 본 적이 없다. 이준철로 살며 지난 삶을 반성했고, 뉘우쳤다. 이젠 그 당사자도 뉘우쳐야 한다.

그렇게 그의 앞에 바짝 다가갔을 때, 준철이 기소장을 내밀었다.

"최영석 씨, 이제 이 악연 끝냅시다."

—다음 소식입니다. 한명건설의 이사회가 열린 오늘, 공정위가 입찰담합 및 리베이트 의혹으로 최영석 부회장을 기소했습니다.

시공권을 따낸 아파트 수십 채가 부정으로 얼룩졌다는 내용인데요. 벌써부터 수많은 정관계 인사들이 오르내리며 파장이 더욱 커질 전망입니다.

공정위는 이 모든 내용이 익명의 제보로 이뤄졌다 설명했지만, 그 내용과 증거가 자세해 내부자 소행이 아니냐는 관측이 흘러나옵니다.

—결국 오늘 이사회는 파행으로 끝났습니다. 한명그룹은 회장 선임안

을 무기한 연기하고 자료 검토에 들어가겠단 입장입니다. 공정위 의혹 제기에 적극 반박하기보단 한 수 접은 모양새인데요.

이를 두고 업계에선 의혹이 모두 사실 아니냐는 우려가 커지고 있습니다. 유력 정치인부터 법조계 인사까지 거론되고 있어 당분간 진통이 더 커질 것으로 예상됩니다.

잔치집이 초상집으로 뒤바뀌었다.

이사회 당일 9시 뉴스는 모두 한명그룹 게이트로 도배가 되었다.

이는 비단 한명그룹만의 문제가 아니었다. 뉴스 보도와 함께 여의도가 왈칵 뒤집어졌으며 국회의원들은 카메라 피해 다니기 바빴다.

본래 이런 사건이 터지면 방송국 카메라를 죄 동원해 상대당을 비난하기 바쁘건만. 이번엔 여야 의원 나란히 사이좋게 걸려 어느 누구도 웃을 수 없었다.

국회의원들이 카메라와 숨바꼭질을 벌이고 있을 때, 최영석도 잠행에 들어갔다. 왕좌를 목전에 놓쳤다는 아쉬움? 그딴 건 안중에도 없다. 뇌물 공여 시기, 액수, 대상 이 삼박자가 모두 일치한다.

이건 자신을 지금까지 지켜보며 약점을 캐치했단 뜻이고, 그런 놈은 지금 구치소에 들어가 있는 둘째밖에 없다.

정말이지 이해가 안 된다.

여의도 로비는 자기에게 더 위험할 수도 있는 일인데 이걸 어떻게 터트린단 말인가.

그것보다 더욱 소름 끼치는 건 그 젊은 과장 놈의 한마디다.

—악연을 이제 끝내자.

그놈의 표정이 계속 걸린다. 그 젊은 놈이 앞만 보고 달리는 조사관이라서가 아니다.

몇 번 보지도 않은 얼굴인데 왜 자꾸 기시감이 느껴지는 걸까. 정말 오랫동안 함께한 사람처럼…….

이렇듯 칩거에 들어갈 때, 발에 땀나도록 뛰어다니는 사람도 있었다.

"진짜로 이렇게까지 해야 합니까?"

서울지검장은 준철과 그 휘하들을 노려봤다.

이 사건이 기소가 되었던 건 벌써 한 달 전 일이다. 한눈에 봐도 너무 큰 사건이었기에 검찰은 고심에 고심을 거듭해 거부해 버렸다.

하지만 그 뒤 뻔질나게 찾아오며 검찰을 압박해 댔다.

덮으면 공범이란 말, 언론에 뿌려 버릴 거란 협박. 이 생떼는 검찰총장의 귀에까지 들어갔고, 결국 울며 겨자 먹기로 기소까지 치게 된 것이다.

"적당히 한명그룹 임원 몇 명 처벌하고 끝냈으면 오죽 좋습니까. 꼭 그렇게 이사회장 난입해서 초를 쳐야겠어요?"

"검찰이 협조적인 반응을 보였다면 저도 그렇게까진 안 했겠죠."

"아니, 지금 이게 우리 탓이라는 거야? 당신 이거 월권이야! 공정위가 검찰이야, 경찰이야, 아님 특사경이야? 어딜 거기 가서 기소장을 내밀어."

"그 부분은 유감스럽게 생각합니다. 근데 검찰이 부담스러워하는 일 저희가 대신 총대 맸다고 생각해 주십쇼."

기소권, 수사권도 없는 공정위가 피의자에게 기소장 내미는 건 상상도 할 수 없는 월권이다. 하지만 지금은 그런 걸 따질 겨를이 아니라는 것도 잘 안다.

"우리한테 정말 용서를 바라는 거면 이 이상의 월권 하지 마요. 이 수사는 우리가 진행합니다."

"어떻게 하실 건지는 들어 봐야죠. 저희가 고발부처인데."

"일단 확실한 자들부터 조사해 나가 점진적으로 수사를 확대시킬 계획입니다."

"지금 그럴 만한 상황이 아닙니다만."

"이봐, 방금 말 못 들었어? 네가 천방지축 나대는 바람에 지금 세간에선 떡검 소리 나오고 있어. 이 정도로 넘어가 주는 것도 많이 봐준 줄 알아!"

아무래도 이자는 좋은 말로 타이르긴 그른 것 같다.

"지검장님, 혹시 한명건설에 돈 받은 거 있어요?"

"뭐, 뭐야?"

"그렇게 점진적으로 수사하면 잔챙이들만 몇 마리 잡다 끝날 것 같은데……. 왜 그리 미련하게 수사하나 싶어서요. 진짜 돈 받으셨나."

"이게 진짜 미쳤나!"

"내 생각이 아니라 지금 시국이 그렇습니다. 여야 의원들 아직까지 아무런 성명도 없죠? 조금이라도 편들면 그 화마가 자기에게 튈까 봐 몸 사리는 겁니다."

"……."

"만약 검찰이 계속 밍기적거리면 전 또다시 언론사 찾아갈 겁니다. 검찰이 적극적으로 수사하지 않는 게 꼭 무언가를 덮으려는 모양새 같다고. 저희가 이렇게까지 해야 할까요?"

지검장의 얼굴이 새파래졌다.

사실 그가 계속 수사를 뭉개는 이유는 검찰 내부 인사들도 엄청나게 연루되어 있어서다.

보도가 터진 이후 그의 핸드폰은 먹통이 되었다.

이름도 모르는 선배부터, 고위직 의원들까지. 하루가 멀다 하고 수사 소식을 물어왔으며, 묻지도 않은 변명을 늘어놓고 있었다.

"……."

그런 마당에 검찰이 미온적인 대처를 한다고 알려진다? 이건 법조계 선배, 국회의원들과 순장을 당하라는 뜻이다.

게다가 이 젊은 놈은 절대 빈말을 지껄이는 놈이 아니다. 이사회 찾아가서 난동 부린 것만 봐도, 방금 한 말을 반드시 지킬 놈이다.

"내가 범죄자들 편의를 봐주겠단 게 아닙니다. 근데 수사엔 정도라는 게 있잖아요."

"정도?"

"소환 대상자만 20명이에요. 그 20명도 잔챙이가 아니라 국회에서 방귀깨나 뀌는 거물들입니다. 우리더러 어떻게 더 수사 속도를 내라는 겁니까."

기다리던 말이 나오자 준철이 웃었다.

"그렇죠. 닭 잡는 칼로 소를 잡을 순 없죠. 더 비대한 권한이 필요하다, 이 말씀이죠."

"……응?"

"역시 특검 말곤 답이 없겠네요. 제가 생각해도 이건 검찰 능력 밖입니다."

"이 과장님, 특검이 그렇게 쉬운 게 아니잖아요. 여야의원들 나란히 거론되고 있는데 국회에서 특검이 통과되겠습니까?"

"그건 걱정 마세요. 아무리 국회 힘이 막강해도 민신 압력은 못 이깁니다."

지검장은 욕지거리를 내뱉으려다 말고 말을 삼켰다.

이 젊은 놈의 고집을 꺾는 것은 무리다. 명분도 없고, 방법도 없으니. 현재 뜨겁게 달아오른 민심을 보면 이놈의 말이 전혀 과장도 아니었다.

"젠장."

결국 칼춤을 크게 춰야 할 터.

"그럼 동의하시는 걸로 알고 있겠습니다."

"그 전에 하나 물어봅시다. 이 제보 어디서 나왔소."

"그건 익명의 제보라 말씀드릴 수 없습니다."

"방금 당신 입으로 말하지 않았어? 이제 공정위와 검찰은 동체라고. 우리도 출처가 어딘지, 그 확신을 얻어야 수위를 높이든 말든 할 게 아니요."

어쭈? 꽤 예리한 지적을 하는데.

"차남이구먼. 맞지?"

여기까진 대답을 해야겠지. 하긴 이런 정보가 일반 최측근에게 나왔다고 둘러대는 것도 우스운 일이다.

준철이 끄덕이자 그가 다시 콧방귀를 뀌었다.

"아주 콩가루 집안이야. 형놈은 동생 찌르고, 동생은 그걸로 다시 찌르고."

"뭐 기업 경영권 가지고 다투다 보면 늘 있는 일 아닙니까."

지검장은 길게 한숨을 내쉬더니 넌지시 말했다.

"이 과장님, 그럼 그냥 저들끼리 싸우게 두죠."

"무슨 말입니까?"

"어차피 집안싸움 같은데 우리 공권력이 얼마나 놀아날 거요. 최영석이, 최기석이 최측근들 위주로 엄벌하고 수사는 마무리 지읍시다."

"사안을 잘 못 보십니다."

"……예?"

"지금 이 문제의 쟁점은 한명건설이 공권력으로 사세를 불렸다는 겁니다. 그럼 당연히 공권력을 개입시켜서 이 문제를 바로잡아야지요."

"현실이 항상 교과서대로 흘러갈 순……."

"혹시 두려우십니까? 이 문제로 권력자들까지 다치게 되는 게?"

입을 다문 지검장의 모습이 한심하게 느껴졌다. 하지만 일견 납득이 가는 반응이기도 했다.

여야 의원 나란히 걸려 특검은 장담할 수 없겠다, 법조계 선배들까지 대거 연루되어 있겠다, 이 사람 입장에선 진퇴양난이겠지.

그래도 이렇게까지 묻는 걸보면 최소한 이자는 돈을 받지 않았다는 거다. 그 정도면 만족한다.

"특검은 염려 마세요. 이건 내가 반드시 책임질 테니. 대신 검찰에도 부탁이 있습니다."

"부탁……?"

"카메라 돌면 부지런히 앓는 소리 좀 해 주세요. 인력 부족하다, 기한이 오래 걸릴 것 같다. 뭐, 핑계 많잖습니까.”

“……여론 조성용입니까?”

“네. 보나마나 국회에서 끝까지 버틸 텐데 이렇게라도 압박해야죠. 여당과 야당 싸움 붙이는 건 제가 잘 해 보겠습니다.”

“하면 청와대는 어떻게 하실 생각인지…….”

“국회가 통과시킨 특검안을 청와대가 어떻게 거부하겠습니까. 우리는 국회 문턱만 넘으면 됩니다.”

청와대가 이유 없이 특검을 거부하면 국민들의 화만 키운다. 그땐 바로 탄핵정국.

정무수석을 시켜 어떻게든 국회에서 특검 통과시키지 말라 압박했음 했지, 절대로 통과된 특검을 거부하진 못할 거다.

“그리고 부탁이 하나 더 있습니다.”

“뭡니까?”

“우리가 진정 이 사건을 수사할 의지가 있다면 국민들에게 진정성을 보여야지 않겠습니까.”

“진……정성?”

“최종 배후인 최영석을 구속시켜 주십쇼. 이건 구속 수사로 가야 합니다.”

모든 걸 다 내려놓은 지검장이었지만 이 말엔 난색을 표했다.

“과장님, 불구속수사가 원칙인 거 아시잖아요.”

“증거인멸의 우려가 명확한데 이걸 어떻게 불구속으로 칩니까."

"……."

"게다가 그 동생은 구치소에 대기 중이에요. 형평성을 위해서라도 똑같이 대해야 합니다."

형의 잘못은 동생보다 더 크다. 반드시 최영석도 구속 수사로 진행해야 한다. 최기석이 그러했듯.

"꼭 필요합니다. 검사님."

"확답을 드릴 수 없지만…… 일단 영장 청구는 해 보죠. 하지만 이건 내 손에서 해결할 수 없는 문젭니다. 결정은 영장판사가 내려요."

그 정도 대답이면 충분하다. 영장을 청구했단 소식 자체만으로도 국민들에게 진정성을 어필할 수 있을 것이다.

조금 마음을 좀 놓고 있을 때 불현듯 전화가 들렸다. 지검장의 전화였는데, 갑자기 그의 얼굴이 어두워졌다.

"받으셔도 됩니다만."

"안 받는 게 더 좋을 것 같군요."

"혹시 이 전화가……."

"신경 쓰지 마세요. 요즘 내 전화는 늘 이러니까. 아무튼 오늘 합의된 내용은 나도 충실히 이행하겠습니다."

핸드폰을 꺼 버린 지검장의 얼굴이 어두워졌다.

벌써부터 오만 곳에서 외압이 들어오나 보다.

⁂

영장 청구 심사는 단 하루 만에 싱겁게 끝났다. 공정위의 패배로.

법원은 도주의 우려가 없고, 이미 확보한 증거 또한 많다며 불구속 수사를 결정했다. 혹시나 싶어 영장 판사 신상을 샅샅이 뒤졌지만 불행히도(?) 돈 받은 명단엔 없었다. 아무래도 선후배들의 부탁을 못 이기는 마음씨 착한 아주 멍청한 놈인 것 같다.

"과장님, 최종 결정 났답니다. 재청구할까요?"

"재청, 재재청구 될 때까지 신청해 버려. 아, 그리고 우리 영장 거부된 거 언론사에 다 뿌려라."

판사 놈은 망신 좀 당해 봐야 한다. 돈을 받지 않았더라도, 돈 받은 놈 비호하면 공범이 된다는 걸 여실히 깨우쳐 주마.

준철이 씩씩거리자 서 팀장이 조심히 말렸다.

"과장님, 지금 눈 뜨고 일어나면 매일 특종입니다. 그렇게 언플해도 별 소용없을 겁니다. 검찰이 재청구 해 줄지도 미지수고요."

"옘장할……."

"그냥 불구속은 확정됐다 치고, 수사 계획을 이에 맞춰 다시 짜는 게 좋을 것 같습니다."

열불이 뻗쳤지만 서 팀장의 말에 수긍하기로 했다. 앞으로 가야 할 길이 구만리다. 법원 결정 하나하나에 일희일비하면 조사팀 사기에도 좋지 않다.

"근데 영장 거부 이유가 뭐야?"

"뭐 이 핑계 저 핑계 대긴 했지만, 결국 연쇄 효과 때문이 아닐까 싶습니다."

최영석의 구속은 시작이다. 연루된 정치인들 모두 불러들여야 하는데 이건 사실상 무리다.

최영석을 구속시키면 이들에게도 연쇄 효과가 미친다. 당연히 그 구심점을 구속하긴 쉽지 않을 터.

애초에 수사는 불구속이 원칙이니 명분도 이쪽에 실린다.

"한명그룹 대단하네. 벌써부터 막고."

"그러게 말입니다. 근데 어떻게 할까요. 최영석이 영장 거부당했으니, 다른 연루자들도 다 거부될 겁니다."

"당분간은 소환 조사로 진행해야지……. 일단 오늘은 일찍 퇴근하자. 당분간 밤샐 일 많을 거야."

일찍이라 말했지만 시간은 이미 10시를 넘었다. 앞으론 지금 이 시간에 퇴근도 못 할 것이다.

준철도 짐 가지를 챙겨 집으로 향했다. 마라톤 수사를 하려면 체력 관리가 우선이다.

그렇게 지하철역으로 향할 때, 굉장히 불쾌하고 익숙한 목소리가 그를 불렀다.

"이 과장님, 우리 얘기 좀 할까요?"

최영석이었다.

"실력 한번 잘 봤습니다. 거의 현행범이나 다름없는데, 그 영장을 막으셨더군요. 근데 이렇게 나 찾아오는 건 위험한 거 아닌가. 걱정되는데."

"걱정? 고양이가 쥐 생각해 주는 꼴이군."

"나 쥐 생각해 준 적 없어요. 괜히 나까지 로비 당사자로 오해 받을까 봐 불안해서 하는 말입니다."

최영석은 비아냥대는 이 젊은 놈 얼굴에 주먹을 메다꽂고 싶었다.

"그러지 말고 어디 조용한 데 가서 얘기 좀 합시다."

"회사 불 꺼진 거 안 보입니까. 지금 내 집무실보다 더 조용한 곳은 없어요."

"그래요……. 어차피 여기 한번 왔어야 하는데, 이렇게 독대할 수 있으니 좋구먼."

이놈 나와바리로 끌려가면 수사는 끝장이다. 돌아가는 차 안 트렁크에 사과 박스를 얼마나 처박아 놓을지 모른다. 그런 걸 미연에 방지하려면 미리 벽을 쳐 놔야지.

아무 말 없이 놈을 응시하자 최영석이 먼저 말문을 열었다.

"그만합시다. 보아하니 이 제보 기석이한테 얻은 모양인데, 알다시피 난 지금 동생과 관계가 최악이오. 날 음해하려고 과장하고 왜곡한 내용도 많다는 겁니다."

"그래요?"

"뭐 그 이유도 분명하지. 내가 먼저 동생을 쳤으니까. 이 문제는 내가 알아서 해결하겠소."

"내 참 어이가 없어서. 공권력이 진짜 자기들 칼인 줄 아네. 이미 터트릴 거 다 터트리고 없던 일로 하겠다? 동생하고 화해라도 할 거요?"

그리 말하자 놈의 얼굴이 대번에 싸늘해졌다.

"이건 부탁이자 경고입니다. 여기서 그만두면 피는 안 봐요."

"피? 지금 나한테 협박하는 건가?"

"해석은 당신 자유. 하지만 나는 걸림돌엔 자비가 없다는 걸 명심해."

이쯤 되니 기업 회장인지 용역 회사 깡패인지 모르겠다.

아, 사람 죽인 전력이 김성균 하나뿐이 아니구나.

"그 제거 대상 중에 나도 포함입니까?"

"내가 그렇게 멍청한 놈은 아니야. 당신 죽이면 타깃이 바로 난데 그러겠어? 그러니 그만하쇼."

"못 하겠다면."

그가 흐흐 웃었다.

"어차피 지금 상황에서 조사 더 못 할 텐데."

"무슨 말이지?"

"내 구속영장 청구 막혔잖아. 재청구? 해 봤자 안 돼. 거기 영장 판사가 다 내 사람들이거든."

역시나 막힌 이유가 있구나.

"네. 닭 잡는 칼은 소 잡는 데 못 씁디다. 그래서 더 큰 칼 준비하려고."

"크흐흣. 특검? 근게 그게 될까? 여야 의원들 나란히 걸렸어. 이게 정말 될까?"

역시나 놈은 수사팀의 가장 큰 약점을 알고 있다. 사실 내부에서도 특검 가능성엔 회의적이었다.

하지만 준철은 도리어 딱한 얼굴로 그를 바라봤다.

"최영석 씨……. 아니, 부회장님. 그렇게 쓸 만한 측근이 없는 겁니까."

최영석은 그대로 얼어붙었다.

돌변한 목소리와 호칭 때문이 아니다. 무척 익숙한 기시감이 다시 들었기 때문이다.

"뭐?"

"내가 당신 측근이었다면 이런 싸구려 시나리오 말렸을 거야. 동생의 우호 지분 살살 꾀어서 내 편으로 확실히 만든 다음 이사회 열었을 거야."

"뭔 소린지 모르겠지만……."

"유능한 놈이 왕이 되는 게 아니다. 적이 없는 놈이 왕이 되는 거다. 이게 당신이 나에게 가르쳐 준 교훈 아니었나."

"내, 내가 너한테 그런 말을 했다고?"

당황해하는 놈을 뒤로하고 준철은 자리에서 일어났다.

아무래도 이 대화는 길게 끌어서 좋을 게 없는 것 같다. 최대한 이성적으로 대하고 싶지만 과거만 생각하면 울컥하는 마음이 앞선다.

"영장을 막았으니 특검도 막을 수 있을 거란 착각 집어치워. 증거는 차고 넘치는데 아무것도 못 하는 검찰. 과연 국민들이 언제까지 참아 줄까."

최영석은 자리에서 일어났다.

"내가 아는 국민들은 지구 끝까지 참아 줄 것 같은데. 하하."

"……."

"그렇게 자신 있으면 어디 끝까지 해 봅시다."

결국 자백도 수사 무마도 없이 대화는 끝이 났다. 서로 끝장을 보겠다는 의지는 확실히 확인했다.

회사로 돌아온 최영석은 곧장 내리지 못하고 사옥을 수 바퀴 돌았다.

퇴근길 정체 도로처럼 그의 머릿속은 어지러웠다. 특검이 통과될 것 같은 불안감 때문이 아니다. 놈의 행동, 말투 모두가 너무 익숙하고 기분 나쁘다.

대체 이 기분 나쁨의 근원이 뭘까?
끼이익.
그러던 중 차가 급브레이크를 밟고 멈춰 섰다.

—본부장, 유능한 놈이 왕이 되는 게 아니다. 적이 없는 놈이 왕이 되는 거야. 알겠어?

"기, 김성균?"
아주 나쁜 기억이 그의 머릿속을 스쳤다.

한명건설 게이트로 온 나라가 들썩거렸지만 가장 시끄러워야 할 야당은 이를 악물고 침묵을 지켰다.
이는 굉장히 이색적인 장면이었다. 천재지변이 생겨도 여당 탓을 하는 사람들 아닌가.
뉴스만 틀면 한명건설 의혹이 쏟아져 나왔지만, 이들은 집권 여당 견제라는 본연의 역할을 잊은 지 오래였다.
"저희 인사는 10명 정도 나왔습니다……."
바로 사이좋게 해 먹었기 때문.
"하지만 대한당 쪽에선 20명 넘게 거론되고 있습니다. 이에 비하면 양호한 편이죠."

"여론 압박도 슬슬 심해지는데 이쯤에서 저희도 논평을 내는 게……."

쾅-!

"그게 지금 말이나 될 소리야? 대한당 20명, 민국당 10명. 오십보백보지 이게 유리한 상황이냐고."

"하, 하지만 대표님……."

"입 다물어! 그 열 놈도 다 나온 숫자 아니야. 어쩌면 우리 당 인사가 더 많을 수도 있어."

자수해서 광명 찾은 의원이 얼마나 될까. 수사가 진행되면 민국당 인사가 더 많이 거론될지도 모른다.

6선 의원이자 현 야당 대표인 박병호의 감은 한 번도 틀린 적이 없었다.

"현 수사 상황이 어떻게 돼?"

"검찰이 구속영장을 재청구했습니다만……. 이번에도 기각될 거 같습니다."

"그 영장판사들 다 한명그룹 끄나풀이야?"

"예."

"미련한 놈들. 무조건 수사 막는다고 능사가 아닌데, 왜 그걸 몰라!"

중진 의원 한 명이 조심히 말문을 열었다.

"아무래도 최영석 부회장이 저희에게 메시지를 보내는 것 같습니다."

"혼자 죽지 않겠다?"

"네. 여기저기 뿌려 놓은 돈 많으니 우리 선에서 막으란 뜻이겠죠."

실제로 최영석의 계산대로 흘러가는 중이다. 정권을 뒤흔들 수 있는 게이트가 터졌건만 야당은 침묵하고, 여당은 묻어가는 중이다.

"솔직히 지금 이대로 계속 흘러가면 저희에게 더 불리합니다. 일각에선 벌써부터 야당의 역할론이 제기되고 있습니다."

"하아……."

"이 여론을 무시하면 저희들에게 더 치명타가 될 겁니다."

현 상황에서 가장 난감한 건 야당이었다. 싸우기 싫은데 계속 옆에서 부추기고 있지 않나.

그렇다고 주먹을 함부로 날릴 수도 없다.

여당도 이미 내막을 다 알고 있을 텐데 가만히 있을 놈들이 아니다.

결국 화살은 돌고 돌아 애꿎은 놈에게 향했다.

"검찰을 부추기고 있는 게 공정위라고?"

"예. 이번 게이트 출처도 그쪽입니다."

"담당자가 누구야?"

"이준철이란 놈인데 정치적으로 민감한 사건도 꽤 많이 만졌더군요. 커리어 보면 절대 물러설 놈이 아닙니다."

박 대표는 혀를 찼다.

"어차피 영장 청구 먹히지도 않을 텐데 왜 자꾸 시도하지?"

"아무래도 짓밟히는 모습을 보여 주는 게 목적인 것 같습니다."

"뭐?"

"차고 넘치는 증거 앞에 아무것도 못하는 무능한 검찰, 이걸 국민들에게 보여 줄 심산이에요. 이것 때문에 계속해서 특검 여론이 높아지고 있습니다."

숨이 턱 막힌다.

이런 놈들은 두 번째 영장이 불발된다고 포기하지 않는다. 세 번째, 네 번째……. 보다 못한 국민들이 특검 요구 시위를 벌일 때까지 계속 신청할 것이다.

"꼴통이라는 거지? 주변 말 절대 안 듣는."

"예. 그나마 한 가지 방법이 있긴 한데……."

"뭐지?"

"그 윗선을 압박해 손 떼게 만드는 겁니다. 제아무리 날고 기어 봤자 과장이에요. 국장, 위원장급을 굶게 만들면 놈도 별수 없을 겁니다."

이번엔 당 대표가 고개를 저었다.

"나라곤 그 생각을 못 해 봤겠나. 소용없어."

"예? 설마……."

"그 위에 놈들은 우리 전화도 안 받아. 애초에 말이 안 됐지. 이런 특급 스캔들을 윗선 허락 없이 터트렸겠나? 든든한 지원이 있으니 설치는 거겠지.”

여기저기서 한숨이 쏟아져 나왔다.

수사기관이 권력자들의 전화를 받지 않는다는 건 끝장을 보겠다는 얘기. 이제는 정말 막을 방법이 없다.

모두가 비통한 얼굴로 침묵을 지킬 때, 허겁지겁 한 사내가 들어왔다.

“대표님! 지금 누가 찾아왔는데요.”

당대표는 몸을 벌떡 일으켰다.

“검찰이야?!”

“그게 아니라 공정위에서 찾아왔다고…….”

“공정위?”

뒤이어 등장한 사내.

“처음 뵙겠습니다. 공정위 이준철 과장입니다.”

온갖 적대적인 시선이 꽂힌다.

중진들이 한자리에 모여 있는 걸 보니, 무슨 얘기가 오갔는지 알 수 있었다.

하지만 과연 베테랑들이었다.

“아이고. 귀한 걸음 해 주셔서 감사합니다.”

당대표가 두 손 꼭 잡으며 인사를 건네자 이들의 얼굴도 달라졌다.

한 공간에서 숨도 쉬기 싫을 텐데……. 어찌 보면 참 대단한 사람들이다.

당대표가 눈짓을 보내자 중진들이 헐레벌떡 엉덩이를 들기 시작했다.

"말씀 많이 들었습니다, 이 선생. 대단한 조사를 많이 하셨다고?"

"대부분 다 과장된 얘기들입니다."

"과장은 무슨. 가만 보니 내가 국감에서 몇 번 얼굴 본 것도 같은데."

"아, 그런가요."

"사실 내가 정치하면서 젊은 사람들 많이 만나 봤는데, 우리 이 선생은 눈에 총기가 남다르구먼. 큰일을 하셔야겠어."

사람들을 내보낸 게 이런 이유였나. 젊은 놈 비위 맞추는 꼴 보여 주기 싫어서?

"당대표님, 그냥 본론부터 말씀드려도 될까요?"

"뭐, 그럽시다. 이 선생 시간도 없을 텐데."

"야합하지 마십쇼. 민국당에 더 불리할 겁니다."

그 한마디에 살가웠던 분위기가 바로 뒤바뀌었다.

"아시다시피 이번에 적발된 의혹만 해도 스무 건이 넘습니다. 아파트 지어야 될 돈을 떡값에 썼으니 현장엔 부실 공사가 난무했죠. 저희가 추산하기엔 약 200여 건의 부실시공이 있었고, 이 중 100여 건이 현장 사망사고로 이어졌습니다.”

“이 선생, 그 소린 뉴스만 틀면 나오는 얘기니 그만합시다. 그래서 뭘 하지 말라?”

“야합요. 사실 현 상황에서 가장 난감한 건 민국당일 거라 생각합니다. 여야 의원들 나란히 다 걸렸으니 강한 메시지를 낼 수 없겠죠. 하지만 이 문제를 야당이 문제 삼지 않으면 누가 거론하겠습니까.”

당대표의 눈썹이 꿈틀거렸다.

“그래서?”

“여당과 타협하지 말고 특검 열어 주십쇼. 솔직히 현 수사 인력으로 저 사건 벅찹니다. 어설프게 해 봐야 핵심 인물들 다 놓치고 잔챙이 몇 마리만 잡다 끝날 겁니다.”

“문제는 그 핵심 인물이 우리 쪽에도 있다는 거 아닌가.”

“어려운 결단이란 걸 알기에 찾아뵌 겁니다. 근데 이 상황에서 목소리 안 내는 건 오히려 여당이 바라는 겁니다.”

그는 속을 알 수 없는 눈으로 쳐다봤다.

“왜지?”

“국회에서 특검안 통과 안 시키면 청와대는 춤을 출 겁니다. 손 안대고 코 푸는 격이니까요.”

“특검 통과시킨다 해도 우리한테 남는 건 없어.”

“어차피 쌍방이 잘못한 거면 집권 여당에 책임이 더 실리지 않습니까."

돌연 그가 웃음을 터트렸다.

"재밌군. 우리 이 선생은 관료가 아니라 정치를 해야 할 사람이야. 그렇게 우리 부추겨서 결국 특검 통과시킬 작정이지?"

6선 의원이 고스톱으로 딴 게 아니구나. 속내를 들키니 얼굴이 화끈거린다.

"그럼 여당과 야합하실 겁니까? 이 정도 이슈가 터졌는데요."

"그런 건 야합이라 부르는 게 아니네. 협치라고 하는 게지."

이 사람의 저의가 뭘까. 밀고 당기며 자기 쪽에 유리한 수사 결과를 바라는 걸까.

"그럼 여론이 계속 요구하는데 끝까지 침묵을 지키실 겁니까. 지금 기사 보면 한명그룹의 비리보다 비겁한 야당을 질타하는 목소리가 더 큽니다."

능구렁이 같은 영감이 입을 다물었다. 적어도 이 문제만큼은 할 말이 없나 보다.

"그럴 바에야 차라리 같이 죽는 게 낫죠. 특검 통과 안 되면 국회 책임론이 더 커질 겁니다. 그 국회는 결국 특검에 합의 안 한 야당입니다."

"이 선생, 자네는 정치를 너무 모르는구먼."

"무슨 말씀이죠?"

"상대 물어뜯을 수 있는 이슈 잡았다고 이판사판 나가는 게 정치가 아니야. 그랬더라면 대한당이나 민국당이나 남아나지 않았을걸."

준철은 입술이 타들어 갔다. 아무리 날고 기는 조사관이라 해도 의원들의 카르텔을 넘어설 순 없는 걸까.

"뭐 지금은 우리가 조금 밑져도 나중엔 우리가 신세를 지겠지. 과거에 서로 신세 진 것도 있고. 그게 정치네."

"특검…… 안 여실 겁니까."

"안 한다는 대답은 안 했어. 대신 내 제안도 들어 보겠나."

그는 여유로운 얼굴로 목을 축였다.

"언플 그만하고 이 사건 적당히 덮음세. 만약 내 제안을 받아들이면 1번을 약속해 주지."

1번?

"다음 비례 대표 말이네. 뭐 꼭 1번이 아니더라도 안정적으로 당선될 수 있는 순번을 자네한테 줄 거야."

"그건 청탁……."

"국회의원은 생각보다 권한도 많고 힘도 많은 자리야. 자네가 원하는 게 한명그룹의 비리 척결인가? 그러면 금배지 달고 매년 국정감사 때마다 혼내 주라고. 우리 당 이미지도 좋아지겠구먼. 허허."

"못 들은 걸로 하겠습니다……."

그렇게 자리에서 일어설 때 그가 손목을 덥석 잡았다.

"정치인은 절대로 대답을 함부로 해선 안 돼. 나도 이 선생 제안을 진지하게 고민해 볼 테니, 이 선생도 내 제안을 진지하게 생각해 보게."

질 끝판왕 사망
한명그룹
김성균 본부
협치

"나이가 들면 참 오만 가지가 섭섭해. 왜 이번 수사 상황을 뉴스로 접해야 하는지 원."

"죄송합니다, 당대표님. 제가 먼저 찾아뵙고 사정을 설명드렸어야 하는데……."

"사과 들으려고 꺼낸 얘긴 아니고. 뭐 이 시국에 서로 연락 자제하는 건 당연지사지."

"공정위를 만났다 들었습니다만……."

서울 외곽에서 떨어진 한 밀실.

최영석은 바짝 엎드린 채 박병호의 눈치만 살폈다. 사태가 이 지경인데 야당은 끝까지 침묵을 지켜 주었다. 물론 야당 인사도 많이 걸렸다는 게 가장 큰 이유겠지만.

"응. 아주 되바라진 놈이더구먼. 부장 판사도 내 앞에서 그런 시건방을 떨진 않았는데 말이야."

"혹시 제가 알아 둬야 할 얘기가 있는지……."

"뭐 얘기 안 해도 알지 않은가. 특검 열어 달라고 이 늙은이를 자꾸 보채. 계속 침묵하면 결국 야당에 불리할 거라나 뭐라나."

심통 맞은 얼굴을 보니 부탁이 아니라 협박을 당한 게 틀림없다. 그놈 성격을 생각하면 뭔 상황이 펼쳐졌을지 안 봐도 비디오다.

"……뭐라 대답하셨는지요?"

"지금 그 얘기가 먼저는 아니잖아? 나부터 물음세."

"아, 예."

"법원에서 1차 영장을 거절했다고? 2차도 거부할 생각인가?"

"그건 법원의 판단인지라……."

박병호가 버럭 소리를 질렀다.

"이 사람아, 내가 진짜 종이호랑이로 보여? 그 영장 판사들 다 자네 사람들 아니야? 자네가 계속 버티는 이유도 우리한테 밥값 하라고 시위하는 거 아니야."

서로 밑장 다 봤는데 더 이상 내숭 떨 필요 없다.

최영석은 한결 홀가분한 얼굴로 본심을 드러냈다.

"저도 솔직하게 말씀드리겠습니다. 경영권이 코앞입니다.

오직 이것만을 향해 달려왔습니다. 동생을 감방을 처넣은 이유도, 하청을 쥐어짠 이유도, 무리한 인수 합병을 감행한 이유도 오로지 이 하나였습니다. 근데 이 상황에서 영장 나와버리면 사실상 저더러 모든 걸 포기하란 거 아닙니까."

"그렇다고 검찰을 코미디로 만들어? 최소한 구치소 들어가는 모습은 보여. 그래야 검찰도 면이 설 게 아닌가."

"발부되는 것 자체가 유죄 인정입니다. 저에겐 이 문제가 1심 판결이나 다름없습니다."

"끝까지 버티시겠다?"

"대표님……."

"내가 이해한 뜻이 맞는지 솔직히 대답해. 혼자 죽지 않겠다, 네들이 알아서 막아라. 이 생각인가?"

지독한 침묵이 흘렀다. 최영석은 이미 국회를 압박하며 수사를 뭉개라고 종용하고 있었다.

"내 참. 밥값 한번 지독히 치르는구먼."

"대표님, 한 번만 도와주십쇼. 이번 은혜는 절대 잊지 않겠습니다."

"그럼 나도 확답을 받아야지. 최 부회장, 한 가지만 확실히 대답해. 나와 자네들의 거래는……."

"그 부분은 염려 마십쇼. 대표님께 드린 돈은 흔적을 완벽히 지웠습니다. 그 밖에도 의심을 살 만한 내역들을 모조리 다 지웠습니다."

박병호의 얼굴이 살짝 밝아지자, 최영석도 가슴을 쓸어내렸다.

앞에 한 말은 그냥 생색 한번 내려고 꺼낸 말이다. 이 노인네가 가장 듣고 싶은 말은 자신과의 흔적은 완벽히 지웠다는 확답이다.

사실 이 자리는 생색내려고 나온 자리다. 처음부터 당대표는 특검을 할 수가 없었다.

지금 당장 기억나는 돈만 40억.

차명 계좌를 통해 해외 부동산을 상납했고, 둘째 사위를 해외 계열사 임원으로 취직시켜 자식 농사도 거들어 주었다. 이 대가로 받은 특혜만 해도 아파트 10여 곳이 넘는다. 사실상 운명의 공동체인데 어찌 특검을 열 수 있겠나.

"대표님, 제가 다른 놈은 다 팔아먹어도 대표님 이름은 절대 안 팔아먹습니다. 그러니 대표님도 저 한 번만 봐 주십쇼."

"쯧쯧- 내가 처음엔 괘씸해서 따지러 왔는데, 얘길 들어보니 자네가 또 경우가 아주 없진 않아."

"네. 저 의리 있는 놈입니다."

"그 마음 끝까지 변치 마시게. 재벌 총수 비리? 늘 있는 일이야. 하지만 팔아먹을 놈과 안 팔아먹을 놈은 정확히 구별해야지."

재벌들의 로비 실력은 비리가 들통 났을 때 진가를 발휘한다.

지레 겁먹고 모든 걸 다 실토하는 놈은 얼마 못 갈 놈이다. 혼란한 와중에도 절대 팔지 말아야 할 이름이 있다. 그걸 아는 놈은 얼마든 재기할 수 있다.

박병호는 이미 마음을 놓고 있었다. 사실 이번 사건에 민국당 의원이 얼마나 되는지, 어떤 결정을 해야 당에 이익이 되는지는 중요치 않았다. 내 커리어만 지킬 수 있으면 된다.

"달리 말하면 버려야 할 놈은 버려야 한단 뜻일세. 알겠나."

"네, 냉정해야죠……. 저도 각오는 하고 있었습니다."

"그럼 허심탄회하게 말해 보세. 뇌물 건넨 숫자는 어떻게 되나?"

"대한당 쪽이 더 많습니다."

"정확히 얼마나?"

"24명이 대한당 의원이고, 14명이 민국당의원입니다."

박병호는 씁쓸하게 입맛을 다셨다.

역시나 실토한 6명이 전부가 아니다.

"그럼 특검을 막는 게 우리 쪽엔 굉장한 손핸데?"

"대표님, 당장의 이익만 생각하지 마시고……."

"아니, 계산은 확실하게 해야지. 현 상황에서 특검 통과 안 시키면 가장 큰 손해는 우리 야당이야. 똥은 저쪽이 더 싸고, 똥물은 우리 쪽에 더 튀기면 납득이 가겠나?"

기분 좋을 소리가 아니었지만 최영석에겐 감격스럽기만 했다. 조건만 맞추면 특검을 무산시켜 주겠단 소리였으니까.

"하면 구체적으로 원하는 방향이 있는지……."

"그건 자네랑 나랑 대화 나눈다고 될 문제가 아니네. 적장을 직접 만나 봐야지."

"아, 예. 그럼 제가 자리 한번 마련해 보겠습니다."

"부회장, 다시 말하지만 이 협상은 우리한테 굉장히 불리한 일이야. 무슨 말인지 알지?"

"물론이죠. 대한당 대표님께 확실히 사정 설명드리겠습니다. 이해 구할 부분이 있다면 제가 설득도 하겠습니다."

"자넨 참 대화가 통해서 좋아."

최영석은 자리에서 벌떡 일어나 허리를 꺾었다.

"빠른 시일 내에 자리 마련하겠습니다."

같은 장소에서 만난 양당 대표는 꼿꼿한 얼굴로 서로를 바라봤다.

"심려를 끼쳐 드려 정말 죄송한 마음뿐입니다. 그래도 두 대표님께서 거국적으로 합의해 주시면 분명 돌파구를 마련……."

"거추장스런 설명은 됐고. 최 부회장, 얘기 잘 전달된 거

맞나?"
"예?"
"내가 인사 받아야 될 자리 같은데, 우리 우 대표님 표정이 심상치 않아서 말이야."
박병호가 포문을 열자 대한당 우 대표도 지지 않았다.
"아직도 판사 시절 버릇 못 고쳤네. 자기가 입장하면 사람들이 다 기립해야 되는 줄 아나 봐. 협상하러 온 자리에 인사는 무슨."
"우 대표님, 어째 말씀이 거슬립니다?"
"거슬리라고 한 소리요. 우리가 지금 장사하러 왔지, 뭐 부탁하려 왔수."
"장사? 좋지. 그럼 물건값은 제대로 가져오셨나?"
"덮읍시다. 어차피 계속 싸워 봐야 서로 피해만 커질 텐데."
"허허. 기대한 내가 등신이지. 최 부회장, 없던 일로 함세."
박병호가 자리를 뜨자 우 대표의 얼굴이 살짝 일그러졌다.
"대표님, 일단 말씀을 나눠 보시고……."
"더 들을 필요도 없어. 누가 봐도 밑지는 장산데 내가 이걸 왜 들어줘?"
"대, 대표님."
"최 부회장은 장사치니까 더 잘 알지? 특검 안 열면 누구

손해야. 집권 여당 손해야? 결국 사람들한테 욕 받이 되는 건 우리 야당 아니야?"

굴지의 대기업 한명그룹도 권력자들 앞에선 장사치일 뿐이다.

"그렇다고 우리 쪽 연루 의원이 더 많으면 말이라도 안 해. 돈은 지들이 더 받아 처먹고, 정권도 지들이 잡았으면서 서로 비긴 셈 치자? 그럼 이판사판 가. 함께 죽어 봅시다."

"그만합시다! 박 대표님."

우 대표가 책상을 치며 일어났다.

"미안해요. 적당한 기회 봐서 감사 인사 하려 했는데, 시비조로 나오니 나도 반사적으로 튀어 나갔습니다."

하지만 우렁찬 목소리와 달리 표정을 매우 주눅 들어 있었다.

"우리 욕보일 만한 이슈인데 지금껏 침묵 지켜 줘서 감사드립니다. 최 부회장 말대로 이 문제는 분명 해결책이 있을 겁니다. 함께 건설적인 논의해 보시죠."

"이제야 대화할 준비가 되셨네. 그럼 방안도 함께 가져오셨겠지요?"

"7년 전 부실펀드 사태 때 저희도 사정 한번 봐 드린 걸로 압니다. 이번에 봐 주시면 저희도 신세 갚겠습니다."

"쯧쯧— 호랑이 담배 피우던 시절 얘기를 왜 이제 와 꺼내신담. 그리고 당시 우리는 8명의 현직 의원을 출당시켰습니다. 그게 어딜 봐서 봐준 겁니까."

"그럼 원하시는 안이라도 있습니까?"

"초당적으로 가되, 계산은 확실히 합시다."

우 대표가 한숨을 내쉬었다. 여의도의 능구렁이로 통하는 박 대표다. 분명 만만치 않은 견적서를 내밀 것이다.

"말씀하시죠."

"특검은 안 여는 겁니다. 그럼 청와대도 난감하지 않겠죠?"

"그래 주시면 대통령께서도 보답을……."

"대신에 대한당 의원 몇 사람을 희생타로 쓰세요."

"……지금 우리더러 자폭하라는 겁니까?"

"그럼 사태가 이 지경인데 모두가 다 무죄로 끝날 겁니까. 차라리 몇 사람 꼬리 자르고 사건 덮는 게 낫습니다."

이번엔 최영석이 난색을 표했다.

"대표님! 그럼 사실상 유죄 인정이나 다름없는데……."

"부회장도 그냥 빠져나갈 생각 마. 이 상태에서 그냥 덮으면 여론만 더 악화돼. 차라리 몇 놈 희생양으로 삼는 게 빠져나가기 좋다고."

"……."

"비리 문제야 자네 방탄조끼 쓰면 되지 않나. 뭐 사장급 임원 정도면 되지 않겠어?"

"하면 제가 대타 선수 써도 넘어가 주실 겁니까?"

"그게 가장 현명하겠지."

최선의 수다. 비리 자체는 인정하되 모든 책임을 남에게 돌리는 방법.

들불처럼 번진 국민들의 특검 요구를 단번에 끌 수 있으며, 핵심 세력들을 보호할 수도 있다.

"박 대표님……. 그건 너무한 거 아니에요. 이 상태에서 우리 쪽 의원만 자수시키면 결국 폭탄을 다 떠안으라는 건데."

"구색 맞춰서 우리도 잔챙이들 자수시키겠습니다."

"몇 놈이나요."

"한 셋? 대신 그쪽은 최소 10명은 희생시켜야 할 게요."

우 대표는 박병호를 노려봤다.

"3 : 10이면 완전 우리 쪽 손해잖아요."

"과실비 따지면 그게 딱 황금률이에요. 우리보다 두 배나 더 많은 의원들이 연루됐잖아. 그리고 집권 여당이잖아."

"……."

"대신 우리도 이 문제 깔끔하게 덮고, 더는 문제 삼지 않겠습니다. 최 부회장이 대타 선수 내세우면 그냥 적당히 속아 주시지요."

국회의원 몇 명을 교환할지는 이미 최영석의 관심 밖이 되었다.

양당이 합의해 주면 검찰도 금세 잠잠해질 것이다. 그룹에 흠집은 나겠지만, 자신에게 나는 스크래치는 없다. 이쯤에서 끝난다면 바랄 게 없었다.

"우 대표님, 박 대표님 말씀이 크게 틀리진 않은 것 같습니다."

"뭐? 최 부회장, 지금 그걸 말이라고……."

"한 번만 도와주십쇼. 제가 이 은혜는 반드시 갚겠습니다."

중재자인 최영석이 돌아서자 우 대표도 더는 고집을 내세울 수 없었다.

박병호는 슬쩍 웃으며 뼈 있는 말을 던졌다.

"보아하니 청와대도 국회가 막아 줬으면 하는 바람인데, 계속 VIP 심기 거스를 겁니까?"

"……."

"이쯤에서 합의합시다. 지금은 이 불 최대한 빨리 끄는 게 급선무요."

우 대표는 긴 한숨을 내쉬며 말했다.

"하여간 박 대표님은 내가 못 당하겠어. 좋습니다. 우리 쪽에서 희생양 더 내지요. 대신 이 문제 더 이상 거론 안 하는 겁니다."

"안하다마다. 내가 정치 인생이 몇 년인데."

"그럼 그렇게 합의합시다."

상당한 진통이 뒤따랐지만 결국 두 사람은 웃는 얼굴로 악수했다.

[초유의 게이트, 하지만 특검은 없다]

[검찰 2차 영장 기각, 배후가 있나?]

[민국당 여전히 묵묵부답]

밀실 합의는 충실히 진행되었다. 특검 여론이 60%를 육박해도 야당은 침묵했고, 청와대는 유감 표시로 선을 그었다.

특검은커녕 최영석의 영장 청구가 또 기각되며 국민들의 울분만 끌어 올렸다.

—이런 비리에 불구속 수사가 가당키나 하냐?

건설 비리가 아니라 토건 비리 수준인데 이걸 불구속? 공정위가 제시한 증거에 시원한 반박이라도 해 보든가. 공사비의 10%가 다 떡값으로 쓰였는데, 아파트를 제대로 짓기나 한 거냐?

—ㄹㅇㅋㅋ 층간소음이 왜 영구 미제 공사인지 알겠더라.

—부실시공은 기본이죠~ 시멘트, 철근, 기자재 빼돌려서 여의도에 상납하기 바쁘죠~

—역대급 건설 비리는 충격

그래도 한마디 말 없는 야당은 경악

—ㅇㅇ 원래 여의도 양반들 카메라 꺼지면 위아더 월드

—이번에 거론된 인사들도 사이좋게 걸림.

—이야~ 특검이 국회 문턱도 못 넘는 이유 대번에 납득!

헐뜯기 바쁜 여야가 대통합을 해 버렸으니 국민들 눈에 금방 표시가 났다. 이에 시민 단체와 건설사고 유가족 단체가 국회 앞에서 시위를 벌였으나 쇠귀에 경 읽기였다.

최영석의 2차 영장은 하루 만에 기각 당했고, 공정위는 즉각 3차 영장을 예고했다. 그러던 때 조롱에 가까운 뉴스가 들렸다.

여당 의원 5명과 야당 의원 2명이 처음으로 자신들의 죄를 자백한 것이다.

양당 대표가 물밑에서 합의한 숫자는 10 : 3이었지만 이마저도 숫자를 줄였다. 그것도 다음 공천이 물 건너간 끝물 정치인들로 엄선했다.

쾅—!

준철은 2차 영장 기각보다 더 큰 분노를 보였다.

여야 의원들이 동시에 자백한 걸 보아 수사를 여기서 끝내란 압박이다.

쾅— 쾅—!

"과, 과장님!"

손에서 피가 날 때까지 책상을 내리치자 서 팀장과 배 팀장이 준철을 말렸다.

사실 두 팀장에게 준철의 모습은 낯설었다. 아무리 어려운 일이 있더라도 항상 이성을 유지하는 과장님 아닌가.

"서 팀장, 이거 영장 판사 누구야?"

"김철오 판사라고……."

"한명그룹 계좌 중에서 그 새끼 이름 있나 찾아봐. 만약 없다면 어디 자리 받아 놓은 거 있나 수소문해 봐."

분명 뒷돈을 받은 놈이다. 아니면 그에 상응하는 혜택을 받았거나.

"아, 그럴 필요 없지. 어차피 차명으로 주고받았을 텐데 당사자를 까야겠지."

"……."

"영장판사 재산 내역 까 봐. 고위 공직자 재산 신고 목록 볼 수 있지? 거기서 갑자기 재산 내역 는 거 봐 봐. 거기가 딱 뇌물 받은 시점이다."

과장님 진정하십쇼, 영장도 없이 영장판사 계좌를 뒤져 볼 순 없습니다.

그 말이 목 끝까지 차올랐지만 두 사람은 내뱉을 수 없었다. 안 되는 걸 누구보다 잘 아는 사람이다. 지금은 입 다물고 있어야 한다.

"영장 다시 준비한다."

"……예?"

"기각됐잖아. 이거 불구속 수사 할 수 있어?"

"3차 영장도 당연히 기각될 겁니다."

"알아, 그래도 해."

지금부턴 안 되는 걸 알면서도 그냥 들이박는 거다. 국민들의 동정표가 모일 때까지.

하지만 이것도 어디까지나 동정론일 뿐.

"하아……. 미안하다. 차분하게 다시 생각해 보자. 차분하게……."

그놈이 비례대표 제안을 할 때부터 싸한 느낌을 지울 수 없었다. 제발 야합만은 하지 않기를 바랐건만 역시나 막을 수 없었던 걸까? 새삼 한명그룹의 로비 실력을 실감했다.

"지금 검찰 분위기는 어때?"

"슬슬 하기 싫은 티를 팍팍 내더군요. 아무래도 선후배 관계로 다 얽혀 있다 보니, 더는 진행하고 싶지 않은 모양입니다."

검찰 원망할 거 없다.

이미 완벽한 증거를 잡았고 이젠 당사자 소환해서 자백을 받아 내야 하는데 아무것도 못 하는 상황이니.

국회가 특검을 열어 주면 추진력이라도 얻을 수 있지만 되레 방탄 국회가 되어 버렸다. 의로운 검사들만 뽑아 놨어도 금방 고꾸라졌을 것이다.

'최영석이…….'

한눈에 봐도 이건 최영석 작품이었다.

서로 다급한 사정인 걸 간파하며 양당을 저울질한 것이다.

한편으론 대단하다. 양당 의원들을 설득하는 게 쉽진 않을 텐데.

준철은 미간을 풀며 긴 한숨을 내쉬었다.

"서 팀장, 그럼 지금부터 박병호 계좌 좀 추적해 봐."

"예? 박병호면 민국당대표요?"

"그래, 아무리 봐도 이건 그놈도 구린 게 있다는 거거든."

"당대표는 저희가 입수한 명단에 없었습니다만……."

"흔적 지웠을 거야. 원래 비리 걸리면 진짜 잡아야 될 줄은 다 흔적을 지워 주거든. 이건 야당이 침묵하는 거 자체가 코미디야. 분명 그놈도 걸리는 게 있다."

합리적인 의심이었지만 서 팀장은 난색을 표했다.

기업 수사와 정치인 수사는 다르다.

"과장님…… 이러면 자칫 사찰 의혹으로 갈 수도 있는데요."

"맞습니다. 많이 위험합니다."

이런 의심에는 참혹한 대가가 따른다. 의혹이 사실로 드러날 경우 합리적 의심이 되지만, 실패로 돌아가면 야당대표 사찰이 된다.

"그러니까 안 위험한 방법으로 해."

"예?"

"아까 말했지, 고위공직자 재산 신고 내역만 보라고. 그거 추적하다 보면 비정상적인 자산 증식 내역 있을 거다. 그 부분만 가져 와. 이럼 사찰 의혹 안 받을 수 있다."

저런 꼼수까지 말해 주는 걸 보니 막을 재간이 없어 보인다. 두 사람은 입을 다물고 자리로 돌아갔다.

잔챙이들이 검찰로 출석하는 당일엔 수많은 기자들이 몰려들었다. 정치 끝물들이라 그런지 대부분 누군지 알아볼 수도 없었다.

–언론에 보도된 내용이 모두 사실입니까?

–한명건설에 리베이트를 받고 특혜를 줬습니까?

–리베이트가 부실공사, 현장 사망 사고를 야기했단 지적도 있습니다.

포토존에 들어 선 이들은 로봇처럼 같은 말만 되풀이했다.

"현재로선 드릴 말씀이 없습니다. 검찰 수사에 성실히 임하겠습니다."

–직접적으로 한 말씀 해 주십쇼. 리베이트와 특혜가 있었습니까?

"떳떳하지 못한 점이 있었다면 법적 절차에 따라 처벌 받겠습니다.

피의자들이 포토존에서 범죄 일부를 시인하는 건 상당히 이례적인 일이었다.

희생양으로 선발된 양당 의원들 모두 필시 당에서 약속을 받았을 것이다. 이 사건을 다 껴안고 죽으면 다음 공천을 주겠다는.

이들 입장에서도 밑질 게 없었다. 언론에선 정치 생명 끝이라 떠들어 댔지만 결국 특사나 가석방으로 나올 놈들이다. 오히려 형을 살고 나오면 유리한 지역구에서 공천까지 따낼 것이다.

조폭과 금배지는 다를 게 없다.

"저기다! 저기!"

그렇게 잔챙이들이 우르르 검찰청사로 들어갈 때, 더 큰 주목을 받는 사람도 있었다.

준철은 빽빽하게 뭉쳐 있는 기자들을 물리치며 법원으로 걸어 나갔다.

—이준철 과장님! 한 말씀만 해 주십쇼. 공정위가 계속 범죄 사실을 언론에 공표하고 있습니다. 특검 가능성도 있는 겁니까?

"……."

—현 상황에서 특검이 이뤄지지 않으면 수사 진도를 빼기 어렵다 들었습니다.

"……."

—각종 여론 조사에서 특검 여론이 60%를 육박하고 있습니다. 정말 가능성이 없습니까?

참담한 심정이다. 이렇듯 말이 안 되는 사안인데 국회는 침묵을 해 버리고 있으니. 양당 의원이 나란히 자백한 건 사실상 꼬리 자르기란 말이 턱밑까지 차올랐다.

하지만 내뱉을 수 없었다. 자신마저 포기하면 국민 모두가 포기할 것이란 걸 알았기 때문이다.

준철은 묵묵부답으로 일관하다 검찰청사 앞에서 뒤로 돌았다.

"현재 말 한마디, 한마디가 조심스런 상황입니다만……. 한 말씀만 드리겠습니다."

돌발 행동에 플래시 세례가 펼쳐졌다.

"리베이트 의혹은 모두 사실입니다. 믿을 만한 제보자가 이 내용을 저희에게 알렸고, 추적 결과 상당 부분 사실로 드러났습니다. 하지만 그 당사자들을 소환해 자백을 듣는 이 과정이 참으로 오래 걸렸습니다. 왜일까요?"

국회가 방해하고 있으니까.

"거두절미하고 국회로 흘러간 리베이트 자금은 노동자들의 피로 돌아왔습니다. 지나친 공사비 삭감으로 하청들이 도산했고, 현장에선 산재사고가 빈번했습니다. 이건 잔챙이 몇 마리 잡는다고 될 일이 아니죠. 저희 공정위는 최영석 부회장에 대한 3차 영장을 신청할 계획입니다. 아울러 검찰과 공정위는 해당 비리 의혹에 대해 명명백백 밝혀내겠습니다."

이번 수사에 중단은 없다. 특검을 계속 요구할 것이다.

국민들에게 그리 하소연한 이유는 하나다. 절대로 그냥 넘어가지 말고 꾸준히 관심 가져 달라는 읍소다.

그렇게 복잡한 마음을 안고 취조실에 도착했을 땐, 차마 눈 뜨고 볼 수 없는 진풍경이 펼쳐져 있었다.

취조실 경험이 많은 중진들이 이미 양복과 넥타이를 훌렁 벗어 던진 채 시큰둥한 얼굴을 짓고 있었던 것이다.

“잔챙이 몇 마리? 허허. 우리 젊은 과장님은 금배지가 우스운가 보군. 우리가 비록 카메라 앞에선 동네북이지만 명색이 지역구 의원들인데.”

“무모한 짓 그만두쇼. 국회 등져서 당신한테 좋을 게 없어.”

준철은 영양가 없는 조언을 가볍게 무시했다.

“뭐 국회에서 지령 받고 왔습니까?”

“뭐?”

“제 기를 꺾어 놓으라 하던가요? 근데 잘 안 되실 겁니다. 민심도 특검을 요구하고 있고, 명분도 충분하니까.”

“이봐요, 젊은 과장님. 그런다고 누가 알아주기라도 할 것 같아?”

“누가 나 안 알아주면 어때요. 당신들이 한 일만 국민들이 알아주면 되지.”

당대표에게 경고를 듣고 오긴 했지만 상상 이상으로 꼴통인 놈이다.

“쯧쯧— 안쓰럽수. 우리 당대표님이 비례 제안까지 한 걸로 아는데, 왜 그 동아줄을 잡지 못해. 남들은 못 잡아 안달 난 줄인데.”

"그 줄잡으면 나도 당신들처럼 썩어야 되는 거잖아."

"아니, 근데 이 자식이 계속 듣자 듣자 하니까 싸가지 없이……."

쾅-!

"안부 인사는 여기까지. 이름하고 주민번호 말하세요."

의원들은 기가 찼다. 아무리 끝물 정치인이라 해도 자신들을 이렇게 막대한 놈들은 없었는데.

"뭐 그리 나온다면 긴말 않겠습니다. 우리가 뇌물 받았습니다. 하지만 당신 말대로 끝물인 우리들이 무슨 힘이 있겠어? 돈은 받았지만 막상 도와줄 수 있는 건 없었습니다."

"지금 이게 특혜 없는 로비였다? 뭐 그런 뜻인가요."

"일종의 정치 자금. 당장에 특혜를 줄 순 없겠지만, 우리가 어느 위치에 올라가면 특혜를 줬겠지. 하지만 그 자리에 올라가기 전에 잡혀 버렸네."

득의양양 웃는 얼굴.

이렇게 둘러대야 피해를 최소화할 수 있다고 컨설팅 받은 모양이다.

"글쎄요. 특혜가 없진 않았을 텐데. 서울시 그린벨트 해제랑, 여기 이 아파트 명단이 다 특혜로 점철된 사업 아닙니까?"

"모르는 일이오. 하지만 돈 받은 것에 대한 죗값은 받겠습니다.

형량을 깎아 보거나 선처를 바라는 모습 따위도 없다.

"좋습니다. 인정하신다면 됐고. 근데 왜 오셔야 할 분이 안 왔습니까."

"뭐?"

"당신들 같은 잔챙이 말고. 민국당 박병호 대표, 왜 안 왔냐고. 그 양반이 제일 많이 받아먹었던데?"

예상치 못한 말에 의원들은 사색이 되었다.

"누가 받아?"

"박병호 대표요. 굵직한 공사마다 해결사를 자처했던데 모르셨나 봅니다?"

"허튼소리 하지 마. 당대표님은 받으신 거 없어. 우리가 더 잘 알아!"

"그래요? 그럼 이건 어떻게 설명하실 겁니까. 8년 전, 6년 전, 3년 전. 고위 공직자 재산 신고 때 기형적으로 자산 증식이 이뤄졌더군요. 혹시나 싶어 부모, 장인, 장모 생사 여부까지 다 확인해 봤습니다. 근데 딱히 유산으로 보이는 흔적은 없던데요."

국회의원들은 자산 의혹이 나올 때마다 유산 상속이라 둘러댄다. 하지만 박병호는 직계존속으로부터 받은 재산이 전혀 없었다.

"더 신기한 건 재산이 는 시점을 보면 꼭 해외에서 돈이 송금됐더군요."

"그거야 해외부동산 투자 같은 경우도 있으니……."

"당국에 신고도 하지 않고 해외 부동산 투자? 그럼 불법 환치긴데요. 혹시 뭐 들은 내용이 있습니까."

"아니! 그게 아니라. 자산 증식에 여러 방법이 있다는 뜻 아니겠소."

"그럼 그 증거를 가져와 보십쇼. 정당한 투자였으면 투자 내역 제출 못 할 게 뭐 있습니까."

그제야 입을 다무는 의원들이다. 어떤 내용을 제출하든 당 대표의 불법 행위를 부정할 수 없기 때문이다.

준철이 내민 서류를 확인했을 땐 숨소리도 들리지 않았다.

각각 40억씩, 총 120억대.

만약 해외 부동산 대박으로 번 돈이라면 땅 밑에서 노다지가 발견되어야 가능할 액수다.

당연히 이는 한명그룹이 숨겨 놓은 해외 계열사를 통해 로비를 받았단 뜻이며, 액수만 봐선 큰 공사 여러 건을 해치워 준 게 분명했다.

"영성구 개발위원회, 뉴타운위원장, 청남 신도시 준비 위원장……. 혹시나 싶어 당시 박 대표가 맡았던 직책을 조사해봤습니다. 근데 참 공교롭게도 맡는 자리마다 다 한명건설에게 일감이 갔더군요."

"……."

"이러니 제가 의원님들이 잔챙이로 보일 수밖에요. 어떻습니까, 이래도 계속 특혜는 없었다고 발뺌하실 겁니까?"

의원들의 눈치 싸움이 시작됐다.

공정위가 당대표 비리까지 캤다는 건 정말 끝장을 보겠다는 의미. 적당히 넘어갈 놈도 아니다.

계산이 빠른 몇몇 의원들은 벌써부터 당대표에 대한 적개심을 드러냈다. 세상 깨끗한 척 다 하더니, 가장 많이 해 처먹은 놈이 그놈 아닌가.

"당에서 무슨 약속을 받았는지는 모르겠습니다. 하지만 내가 취조실에서 일어나는 순간, 이 내용은 곧 언론 보도를 탈 겁니다. 과연 박 대표가 계속 건재할까요?"

"……우리한테 바라는 게 뭡니까?"

"한명건설에게 어떤 특혜를 줬는지 모두 다 실토하세요. 여러분들이 했던 일, 아는 일 모두."

쾅-!

의원들이 동요하기 시작할 때, 한 사내가 산통을 깨 버렸다.

"허튼소리 하지 마. 뇌물은 받았지만, 특혜는 없었다. 이게 우리들의 공통된 입장이오. 아닙니까, 의원님들?"

"마, 맞지."

"그렇습니다."

"이 선생, 듣던 대로 참 영악하시구먼. 근데 역시 관록이 부족해. 당 지휘부랑 우리 이간질시킨다고 우리가 넘어갈 것 같소."

별반 놀랍지 않았다. 박 대표가 군기반장 하나 끼워 뒀을 거란 건 충분히 예상했기 때문이다.

그는 동요하던 의원들에게 눈총을 쏘더니 준철을 노려봤다.

“대화가 안 통하시는군요.”

“내가 할 소리. 무의미한 총질 그만하고, 우리 같은 잔챙이들로 만족해요. 특검? 우리 체포 동의안도 국회통과 안 될걸.”

“…….”

“어차피 우린 검찰에 출석하는 사진 찍으러 온 거니 몇 시간 좀 쉬다 가겠습니다. 조서 정리 되면 우리한테 보내쇼.”

검찰 특수통 출신이기도 한 그는 취조실을 마치 제 집 안방인 마냥 나가 버렸다.

준철도 아쉬운 마음을 뒤로하고 수사팀으로 돌아갔다. 산전수전 다 겪으며 금배지 단 양반들 아닌가. 이 이상의 유의미한 자백은 나올 수 없다.

취조를 맡은 과장이 5분 만에 돌아오자 팀장들의 얼굴도 어두웠다.

취조가 짧았다는 건 아무런 소득도 없었단 얘기다.

“서 팀장.”

“예. 과장님.”

“기자들 아직 바깥에 있지?”

"예. 이제 막 취재 차량 철수하려는 것 같습니다."

"그럼 이 내용 넘겨라."

서류를 받은 서 팀장은 쩔쩔맸다.

"과장님 이거 그……. 진짜 써먹으실 겁니까?"

"안 써먹으면? 이 자료 박 대표한테 바치고 나 여의도 입성할까."

"그건 아니지만……."

불안해하는 녀석의 어깨를 툭 치고 윙크를 날렸다.

"모든 책임 다 내가 질 거니까 걱정하지 마. 시키는 대로 해."

—술은 마셨지만, 음주운전은 하지 않았다. 범죄자들이 혐의를 부정할 때 쓰는 단골멘트죠. 진부한 래퍼토리가 이번 소환 조사에서도 펼쳐졌습니다.

소환된 의원 모두 뇌물은 있었지만 특혜는 없었다고 주장한 것으로 알려졌습니다.

이런 가운데 공정위는 박병호 대표의 수상한 재산 내역에 대해 발표했습니다.

국회의원 7명이 소환되는 초유의 사태였지만 그날 9시 뉴스는 온통 박병호 얘기로 도배되었다. 박병호가 맡았던 역대 직책과 수상한 자산 내역들이 만천하에 알려지게 된 것이다.

천재지변도 집권당 탓을 하는 야당이 왜 지금껏 조용했는지, 그제야 국민들도 알게 되었다. 이로써 국회 전체를 질타하던 비난 여론이 점차 민국당으로 집중되기 시작했다.

—해당 사태는 유감이나 당대표와 관련한 의혹은 일체 사실무근. 공정위의 망신 주기식 수사에 심히 유감.

사태의 심각성을 느낀 건지 민국당은 즉각 반박 성명을 발표했다.

각 의원들은 SNS를 총동원해 불편한 심기를 유감없이 드러냈다. 그리고 그중엔 더러운 방법도 동원됐다.

메시지를 반박할 수 없으면 메신저를 공격하라 했다. 민국당을 추종하는 스트리머들이 약속이라도 한 듯 유언비어를 쏟아 내기 시작했다.

—이준철인지 삼준철인지 하는 그놈 아주 뒷소문이 더럽데요.

—현 담당조사관 말씀이십니까?

—네. 행간에선 그 조사관이 한명그룹에게 러브콜을 보냈는데, 이에 대해 불발됐다는 얘기가 많아요. 짝사랑하던 상대에게 차이면 기분 어떻습니까? 가질 수 없을 바에야 부숴 버리는 게 낫겠죠? 그래서 열을 올리

고 한명그룹 치고 있단 얘기가 많습니다.

–아, 그러면 여기엔 어떤 정치적 의도가 있다? 이렇게 해석해도 됩니까?

–해석은 자유지만 풍문에 의하면 이를 가지고 비례대표를 요구했단 얘기도 나옵니다. 솔직히 지금 보면 비정상적이리 만치 수사관이 이 일에 맹목적입니다. 근데 자기에게 아무런 이득도 없이 이렇게 집요하게 물고 늘어지는 거 봤습니까?

–듣고 보니 그 말도 설득력이 있군요. 그렇다면 그 풍문은 어디서 나왔습니까?

–뭐 얘기가 그렇다는 거지 나도 잘 모릅니다.

가짜 뉴스엔 딱히 근거나 증거가 필요치 않다. 아니면 말고 식이니까. 출처 없는 유언비어는 확대 재생산 되어 준철을 비리 조사관으로 만들었다.

“이 과장님, 이거…… 일이 잘되고 있는 게 맞소?”

“생각보다 넘어야 할 벽이 많더군요.”

“뭐? 아니, 이제 와 그렇게 말하는 게 어디 있어!”

“수사를 포기하겠다는 게 아닙니다. 지금 그 벽을 어떻게 넘을지 고심 중입니다.”

턱밑까지 내려온 다크서클에 헝클어진 머리.

다시 만난 최기석은 밤잠도 못 이루는 모양이었다.

완벽한 증거를 제보했는데도 수사에 진척이 없으니 불안

에 빠진 게 당연했다.

"이 과장님, 진짜로 그 벽을 어떻게 넘을지 고심 중입니까? 아니면 그 벽의 일원이 되어 벽돌로 살 겁니까?"

"무슨 말이죠."

"나도 듣는 귀가 있고, 보는 눈이 있소. 과장님이 민국당에 비례대표 요구했단 얘기가 아주 파다해요."

"지금 그 말을 믿습니까?"

"아니 뗀 굴뚝에 연기 날 리 없지! 대체 이런 얘기가 왜 이렇게 퍼지는 거요."

부아가 치밀었지만 꾹 참았다.

신실한 기독교인으로 소문난 어느 대통령 후보도, 대선 전에 점집을 그렇게나 들락거렸다고 한다.

사람은 본디 마음이 약해지면 미신과 점성술에 의지하기 마련이지.

가짜 뉴스에 선동된 그도 오죽했을까 싶다.

"그럼 진짜 솔직하게 말씀드리죠. 그건 인과관계가 잘못된 겁니다."

"뭐? 인과관계?"

"정확히 말하면 이 수사 손 떼라고 외압이 들어왔습니다. 비례대표를 제안하면서."

역시나 아주 헛소문이 아니었구나!

최기석은 눈이 화등잔만 하게 커졌다. 비례대표를 약속해 줄 정도의 인사는 여의도에 별로 없다.

"그 외압이란 게 혹시……."

"네. 현 민국당 대표 박병호입니다. 근데 제가 지금 박병호 동아줄을 잡은 걸로 보이시나요?"

"……."

"박병호 대표와 한명그룹 관계 터트린 거 우립니다. 앞으로도 손잡을 생각 없다는 뜻이죠. 제가 이 부분에 대해 더 이상 해명해야 될 게 있나요."

최기석은 슬그머니 자세를 고쳐 앉고, 손을 가지런히 모았다. 지금 이 젊은 놈이 그 동아줄을 잡아 버리면 자신은 낙동강 오리알 신세다.

박병호의 비리를 적극 언론에 터트린 건, 신의를 지키겠단 굳은 의지다.

"그러니 최 상무님이 우릴 좀 도와주세요."

"제가 뭘 어떻게……."

"박병호 재산 증식 내역과 직책 내역 보면 한명그룹과 깊은 관계인 게 빤한데, 한명그룹이 이에 대한 흔적을 모조리 지웠더군요. 그래서 언론에 더 터트릴 게 없습니다."

"이 과장님……. 민국당 대표는 그만 건드릴 수 없습니까? 내 목표는 오로지 큰형이에요. 거기에 집중을……."

"근데 그 큰형의 보디가드 역할을 하는 게 박 대표 아닙니까."

"……."

"이 사건 특검 통과 안 되면 더 이상 진도 못 나가요. 그리고 그 특검 여부는 국회에서 결정합니다."

결국 박병호를 그냥 둘 수 없다는 얘기.

최기석은 머리를 쥐어 짜며 괴로워했다.

금융업계인 자신도 국회 인맥이 된다 자부했는데……. 건설업계인 큰형에 비하면 댈 것도 아니다.

로비 중에 최고봉은 건설 로비라던데 이번에 그 위엄을 실감했다.

마음 같아선 지금이라도 수사를 중단하고 싶었지만 이미 돌아올 수 없는 강을 건넜다는 것도 잘 안다.

현 상황에서 입 다물고 있으면 영영 재계에서 퇴출될 것이다.

장시간 끝에 그가 입을 열었다.

"박병호……. 그 인간 원래부터 말이 많았습니다."

"아는 게 있습니까?"

"자산 증식 내역, 그거 다 한명건설이 해외 계열사로 돈세탁해 박 대표 계좌로 쏴 준 거예요. 그리고 그 해외 계열사 중 하나에 박 대표 사위가 근무하고 있습니다."

주먹에 힘이 들어간다. 역시나 보통 관계가 아니구나.

"그런 사실을 왜 처음부터 말 안 했어요. 이게 얼마나 중요한데."

"나는 기업인입니다. 권력자들 적으로 돌려 봤자 내게 전혀 득될 게 없어요. 그건 지금도 마찬가집니다."

더는 다그치지 못했다.

"근데 넘어야 할 산인 건 아시죠?"

"……."

"한명투자가 확보한 증거 같은 거 있습니까?"

"아직 진위 여부가 다 확인 안 된 자료입니다만……."

"그건 우리가 파악하면 됩니다."

국회의원들 뇌물 목록을 다 꿰고 있던 최기석이다. 과연 지라시 수준의 이야기일까?

전혀 아니다. 이자도 분명 검증된 자료를 가지고 있을 거다.

하지만 무서울 것이다. 이번 사태를 진행하며 권력의 비정함에 대해서 실로 체감하고 있지 않았나.

그런 놈들을 상대로 더욱 증거를 내미는 게 분명 부담일 것이다.

주저하는 그에게 말했다.

"최기석 씨, 이거 중간에 좌초되면 어떻게 되는지 아시죠."

"……."

"대신 약속하죠. 야당 대표 무너트리면 내가 이거 특검 통과시킬 거예요. 절대 못 버틸 겁니다."

어떻게 해야 할까. 여기서 불을 더 지펴야 하나?

최기석은 긴 고민 끝에 결론을 내렸다. 아무리 생각해도 자신에겐 돌아갈 다리가 없다.

"의심되는 자료……. 다 넘기죠. 근데 제발 살살 부탁드립니다."

질 끝판왕 사망
한명그룹
김성균 본부
특검 불발

“이제 와 진위 여부 따져서 뭐 합니까. 내가 한명건설한테 돈 받았으면 우리 합의 내용은 없던 게 되는 겁니까? 진짜로 끝장 볼까요.”

박병호는 짜증스런 말투로 전화를 받았다.

“그거 아니면 우 대표님도 그만하십쇼. 지금 가장 중요한 건 고삐 풀린 망아지 새끼를 어떻게 다루느냡니다. 난 솔직히 좀 두렵습니다. 제1야당의 대표 뒤도 터는 놈들이 여당 고위직들 뒤는 안 털까.”

“놈들이 원하는 건 우리 흔들어서 특검 받아 내는 겁니다. 초당적으로 대처하잔 합의 잊지 마십쇼.”

통화가 끝나자 박병호의 핸드폰은 박살이 나 버렸다.

어제 새벽에 터진 속보, 박병호와 한명건설의 유착 관계는 단숨에 실검을 장악하고, 민국당을 화살받이로 만들어 버렸다. 한명건설의 숨겨 둔 해외 계열사와 이를 통해 받은 비자금이 대중에게 알려진 것이다.

이는 최영석이 특별히 신경 써 흔적을 지웠던 내용들이다. 그게 터졌다는 건 핵심 내부자를 회유했단 것이다.

"겁 없는 새끼!"

예상치 못했다. 설마 제1야당 대표의 비리까지 캘 줄이야.

여론이 돌아서자 당 내부에선 벌써 지휘부 해체론이 떠올랐고, 비상대책위 인사들이 물망에 올랐다. 그것은 절대 용인할 수 없다. 이 문제는 반드시 자신의 손으로 매듭지어야 한다.

그나마 희망적인 건 여야 모두 나란히 공멸하는 걸 원하지 않는다는 것.

박병호는 박살 난 핸드폰을 보며 한숨 쉬곤 앞에 있는 유선 전화를 들었다.

"우 대표님, 나 박병호입니다. 이 문제 시간 끌어서 좋을 거 없을 것 같은데…… 청와대랑 날짜 한번 잡아 주십쇼."

"사람 참 오래 살고 볼 일이야. 여야 간담회도 거부하신 박 대표님이 우릴 먼저 보자 하시고."

"싸울 땐 싸우더라도 합의할 땐 합의해야죠. 대통령께서 직접 오실 줄 알았습니다만 왜 민정수석님이……."

"요즘 시국에 청와대와 야당 대표가 만나서 좋을 게 뭐 있습니까. 보는 눈이 많아 부득이 제가 나온 점 이해하십쇼."

대통령을 대신해 나온 민정수석은 한껏 고압적인 자세였다.

큰소리 떵떵 치던 민국당 대표가 겸손한 태도로 자리를 청했다. 하루 만에 전화가 온 걸 보니 뉴스에 터진 내용 모두 사실인가 보다.

"차 식겠습니다."

"그럼 바로 본론을 말씀드리죠. 국회에서 특검 들어가면 청와대는 어쩌실 겁니까?"

"국회에서 통과된 특검을 청와대가 뭔 수로 막겠습니까. 여당도 죽고, 야당도 죽고, 한명그룹도 함께 죽어야죠."

"방법이 없단 뜻이군요."

"아, 하나 남은 칼은 있습니다. 국회에서 추천한 3명의 특검 후보 중에 가장 유리한 인사로 특검장을 선임할 겁니다."

"결국 특검 통과시키지 말란 협박이시군요."

박병호가 껄껄 웃었지만 민정수석은 여전히 굳은 얼굴이었다.

"반대로 우리도 물어봅시다. 진짜로 특검 통과되면 야당은 어쩌실 작정입니까?"

"민국당이야 집권당도 아니고, 걸린 인사도 더 적으니 피해는 더 적지 않겠어요?"

"당의 입장을 묻는 게 아닙니다. 박 대표님의 거취에 대해 묻는 겁니다."

박병호는 한숨을 쉬더니 고개를 저었다.

"제가 졌습니다. 대책이 없다. 이 말씀을 듣고 싶으신 게로군요."

"솔직하니 좋네요."

"민정수석님, 사과를 할 게 있다면 반드시 사과하고, 오해를 풀 게 있다면 반드시 오해를 풀겠습니다. 근데 지금은 급한 불부터 꺼야 하지 않겠습니까."

"동감합니다만 현 상황에서 대책이 있습니까? 건수 잡은 공정위의 횡포가 더 심해질 텐데."

"그럼 더는 나대지 못하게 팔다리 잘라 냅시다."

민정수석이 차를 쏟았다.

"뭐요?"

"내가 그 젊은 놈을 만나 봤습니다만 도무지 말이 통하는 놈이 아닙니다. 이런 말 부끄럽지만 제가 비례대표 제안도 해 봤습니다."

"아니, 그럼 그걸 거절했단 말이오?"

"네."

"대체 이유가 뭡니까. 한명그룹 친다고 자기에게 돌아가는 이익 하나 없을 텐데 대체 왜……."

"그건 저도 모르겠습니다. 근데 단순한 정의감, 의협심은 아니었습니다."

처음 보는 유형의 인간이다.

출세욕이 강한 놈들은 비례대표를 거절할 리 없다. 금배지에 뜻이 없더라도 대개는 자리 하나는 약속 받는다.

돈이 목적인 놈들은 더 단순하다. 은퇴 후 재취업 자리, 혹은 흔적이 남지 않는 거래 내역을 통해 침묵의 대가를 보상받는다.

하지만 놈은 이 모두에 해당하지 않았다.

"정말 예측이 불가한 놈이란 말이오?"

"상황을 보십쇼. 여야가 적당한 선에서 끝내려 희생양 정해 줬는데, 당대표인 내 비리까지 털며 여론에 불을 지피고 있어요."

"하아……."

"이건 진짜로 그 목적이 특검 그리고 수사란 뜻이지요. 솔직한 제 심정으론 한명그룹의 파멸을 바라는 게 그 젊은 놈의 목적이 아닌가 싶습니다."

민정수석은 당최 이해할 수 없었지만 그냥 이해하기를 포기했다.

그 비정상적인 일들이 지금 눈앞에 펼쳐지고 있었으니.

"이런 부류는 절대 좋은 말로 나가선 안 된다는 걸 아시지요?"

"기고만장해질 타입이지."

"그러니 팔다리부터 잘라서 기 좀 죽여 놓읍시다."

박병호가 내민 서류엔 공정위 인사명단이 나와 있었다. 준철의 위에 있는 국장, 국장 위에 있는 처장, 그렇게 위원장까지. 총 다섯 명의 직속상관 이름이 살생부에 적혀 있었다.

"사실 이놈들은 진작 정리했어야 맞습니다. 그 젊은 놈이 위에랑 상의도 없이 이 사건에 불을 지폈겠습니까."

"그건 그렇지. VIP께서도 의심하고 있는 바요."

"그 위에 놈들 모가지 날려 버리십쇼."

"그래도 임기가 보장된 직책들이라 함부로 할 순 없는데……."

"버티면 재임 자료 싹 털릴 각오해야 할 겁니다. 권력자가 마음만 먹으면 없는 죄도 만들 수 있다는 걸, 모르진 않을 겁니다."

사임 요구를 버텨 낼 수 있는 공무원이 얼마나 될까.

지난번 공정위 법톡 사건 때 전임자가 얼마나 큰 치욕을 받으며 물러났는지 모두가 알고 있다.

그 사건도 결국 무혐의로 끝났지만, 국민들은 아직까지도 그 사건을 공정위 고위직들의 비리 사건으로 기억한다.

"뭐 이렇게 말씀해 주시니, 저도 박 대표님의 진정성이 느껴집니다. VIP께서도 좋아하실 것 같군요."

"네. 아마 이렇게까지 압박하면 그놈도 더 이상 버텨 낼 재간이 없을 겁니다."

"아무렴. 조직 수장 다섯 명이 날아가는데 당해 낼 재간 없지. 그 밑에 있는 팀장들도 더 이상 그놈을 따르지 않을 테고."

민정수석은 흡족한 얼굴로 덧붙였다.

"기대 없이 나온 자린데 좋은 소식을 들고 가는군. 이 얘긴 대통령님께 전달하겠습니다. 대답도 곧 나올 겁니다."

"뭐? 그게 진짜야?"

"그렇습니다……. 갑작스럽게 내려진 인사 발령이라고."

"민감한 시국에 왜 인사 결정이 갑자기 이뤄져?! 이거 대체 어디서 나온 결정이야? 위원장님이야?"

"아닙니다. 위원장님이야말로 이번 물갈이 대상 1호입니다."

준철은 할 말을 잃었다. 이렇게 속 보이는 보복 인사가 있을까?

공정위 고위직 다섯 명을 물갈이시켜 버릴 수 있는 건 청와대밖에 없으며, 야당의 열렬할 협조가 가미되었단 것도 알 수 있었다.

"아무래도 저희가 박병호 비리를 터트린 게 기폭제가 된 것 같습니다……. 어떻게 할까요?"

팀장들은 모두 낯빛이 어두워졌다.

권력의 무서움을 이제야 실감한 듯하다. 눈치 빠른 몇몇은 이 칼바람에 자신까지 다치지 않을까 걱정하는 눈치였다.

원칙대로 한다, 그냥 진행해.

라는 말이 턱밑까지 차올랐지만 이제는 내뱉지도 못했다. 실무자들의 사기가 땅끝까지 처박혔으니 눈 마주치는 것도 부담스러웠다.

"당분간은…… 기다립시다. 일단 정지."

"……."

"서 팀장, 나 국장님 뵙고 올 테니 일단 대기하고 있어."

"네. 알겠습니다."

서 팀장과 배 팀장은 얼굴이 굳어졌다. 지금까지 단 한 번도 물러서지 않았던 과장 아닌가. 다른 팀장들도 모두 갈피를 잃은 눈동자였다.

상사 잡아먹는 부하 직원.

전임 국장이 쫓겨났을 때 껌 딱지처럼 들러붙은 멸칭이다. 외압을 막아 준 대가로 그는 멀쩡한 재임 자료를 다 털려 비리 공무원이 됐고, 쫓기다시피 사직서를 제출했다. 명백한 권력자들의 보복이었지만, 이제는 그 사건을 기억하는 이도 없다. 애꿎은 전임 국장만 비리 공무원으로 기억될 뿐.

전임자 다섯 명이 깔끔하게 옷을 벗는 이유는 바로 이 권력의 비정함을 생생하게 목격했기 때문이다.

"여기까지 올 시간 있나? 지금 한창 바쁠 때 아니야?"

국장실에 들어서자 이미 집무실이 깔끔하게 비워져 있었다.

"대답도 없구먼. 이제 나갈 사람이다 이거냐?"

"죄송합니다, 국장님……. 뭐라 드릴 말씀이 없습니다."

"뭐가 죄송해. 내가 이 과장한테 미안해해야지."

무슨 말이지?

"민정실에서 갑자기 연락 오더니 우리 다섯 명을 부르는 거야. 난 또 시류에 휩쓸리지 말고 엄정한 수사를 부탁한다고 할 줄 알았다. 근데 갑자기 사건을 덮으라지 않겠어?"

"……."

"해서 나는 못 하겠으니, 말 잘 듣는 사람 알아보라 하고 자리에서 일어나 버렸다. 내가 일어나니 위원장님까지 줄줄이 일어나더구먼."

유 국장은 껄껄 웃었다.

"뭐 대통령한테 개긴 공무원이 얼마나 갈 수 있겠냐. 일어난 순간 각오했어. 나가야 한다고."

"그래서 사표를 직접 쓰신 겁니까."

"내가 계속 버티면 전임자랑 똑같은 꼴 당하지 않겠냐. 내 재임 자료 털면서 꼬투리 잡으려 하겠지. 아, 오해는 마라. 깨끗하게 살았다. 단지 놈들이 이슈 물타기 하는 꼴 안 보고 싶어서 이러는 거야."

정말 미련이 없는 걸까.

유 국장은 덤덤한 얼굴로 집무실을 정리했다.

"한데 위원장님은……."

"위원장님도 성격은 나랑 같아. 그때 함께 개겼네. 사표 처리는 같이하게 됐어."

이번 조사의 최종 재가는 위원장에게 받은 거다. 당연히 책임을 피할 수 없었고, 물러나려면 함께 물러나야 한다.

짐 가지를 다 챙긴 유 국장이 말했다.

"그나저나 자네도 참 팔자가 사납구먼. 어째 두 명의 국장이 줄줄이 날아갔으니, 아, 위원장님까지 합하면 3명인가."

미안함에 고개를 들 수 없었다.

그런 준철의 어깨를 토닥이며 말했다.

"더 질기게 못 버텨 줘서 미안하다. 실무자들 보호하려면 우리 같은 늙은이들이 외풍을 막아 줘야지. 근데 역부족이야. 인사권은 거기에 있으니. 해고당하듯 쫓겨나니 후임자도 금방 올 거다. 아마 수사를 더 어렵게 할 거야."

무슨 마음인지 안다. 이젠 외풍이 아니라 내풍을 더 신경 써야 한다. 새로 온 인사는 분명 코드를 맞춘 사람일 테니 말이다.

"근데 박병호 의혹은 다 사실이냐?"

"예. 몇 번이나 교차 확인했습니다. 그리고 수상한 자산 내역 해명할 기회를 여러 차례 줬는데, 아직도 해명을 못 합니다."

"그럼 됐네. 소신 죽이지 마. 특검까진 아니어도 더 핵심적인 세력 끌어내서 조사해. 우리가 외압을 견뎌 주진 못하지만 여론은 아직 이 과장에게 우호적이야. 반드시 소임 다하라고."

그때 별안간 바깥에서 노크소리가 들렸다.

"이사 가느라 분주하군요. 늙은 사람이 괜히 찾아온 거 아닌지 모르겠습니다."

환한 웃음을 짓고 있는 이는 바로 민국당 대표 박병호였다.

남의 집 안방까지 쳐들어온 이유가 뭘까.

대세는 이미 넘어왔다는 자신감일까.

"얘기는 많이 들었습니다. 지병 때문에 사퇴를 하신다고요."

"하하, 언론 발표는 그렇게 하기로 결정된 겁니까? 졸지에 환자가 됐군요."

"그래도 적당한 때 백기 잘 들었습니다. 더 버텼으면 정말 환자가 됐을 겁니다."

박병호는 소름 끼치는 협박을 농담처럼 던졌다. 은퇴하고 나서 얼씬도 하지 말라는 경고겠지.

만약 이 경고를 무시하면 재임 자료가 몽땅 털리고, 검찰 포토 라인도 서게 될 것이다. 고위 관료에게 누명 씌우는 건 국회의원에게 일도 아니다.

"농담이 좀 심하십니다? 내가 꼭 환자 되는 게 무서워서 물러나는 건 아닌데. 괜히 내 재임 자료 털면서 시선 분산 시킬까 봐 조용히 물러나는 겁니다."

"하하. 국장을 고스톱 쳐서 따낸 건 아니구먼. 맞아, 우리는 이슈를 이슈로 덮는 사람들이지. 유 국장이 더 버텼으면 험한 꼴 많이 보셨을 거요."

여야가 뒤에서 합의를 단단히 했나 보다. 이렇게 노골적으로 사람 협박하는 걸 보면.

"나 이렇게 험한 말 하려고 온 건 아닌데. 불필요한 기싸움 그만합시다."

"여긴 어인 일로 오셨는지요."

"내가 한명그룹과 붙어먹었단 유언비어가 계속 나오는데 오늘은 그 오해를 좀 풀려고 왔습니다."

박병호는 슬쩍 준철에게 곁눈질했다.

적당히 장단 맞춰 주던 유 국장도 그 광경만큼은 참을 수 없었다.

"이 과장! 너 박 대표님한테 소환장 보낸 거 있어?"

"……아니요."

"그럼 면담 날짜 잡은 거 있어?"

"……없습니다."

"들으셨습니까, 대표님? 없답니다. 이건 경우가 아니죠! 권력자가 왜 자기 담당 조사관을 직접 만나겠다는 겁니까."

조사자와 피조사자는 절대로 사적인 만남을 가지지 않는다. 특히나 그 상대가 권력자라면 더욱 조심해야 할 문제다.

"용무가 있으면 정식 조사 절차를 거치십쇼. 대표님과 이 친구가 만나야 할 공간은 취조실이나 면담실. 딱 이 두 곳입니다."

"쯧쯧— 하여간 좋게 말해 주면 못 알아먹어."

"뭐요?"

"마지막까지 외압 막아 주는 직속상관? 눈물겹구먼. 근데 꼴값 떨지 마. 자넨 그냥 망아지 새끼 잘못 길들여서 매질 대신 당하는 어미 노새일 뿐이야."

만약 국장이나 위원장 선에서 잘랐다면 이 사건은 이렇게 커지지도 않았을 거다.

"청와대에서 이미 사표 수리 다 했는데 언제까지 이 집무실에서 주인 행세 할 거야? 썩 안 비켜?"

또다시 발끈하려던 유 국장을 준철이 제지했다.

"국장님, 괜찮습니다. 어차피 한번 만나 봐야 했습니다."

이에 유 국장도 더 이상 아무 말도 할 수 없었다.

자신은 이제 어차피 물러가는 몸. 남은 실무자들을 생각한다면 박병호를 자극해서 좋을 건 없다.

그는 분을 삭이며 짐 가방을 들었다.

"그럼 내가 자리 비켜 주지. 여기서 면담해라."

"……예."

"혹시 모르니까 핸드폰 녹음기 켜 둬. 부당한 외압이나 협박 들어오면 증거로 써야 할 거 아니야."

이건 박병호에게 하는 소리다.

그는 나가기 전 박병호를 다시 노려보며 말했다.

"대표님, 이빨 빠진 호랑이한테도 발톱은 있습니다. 유념하시길 바랍니다."

"불청객은 어서 가시구려. 시끄럽구먼."

성의 없는 대답에 울컥했지만, 또다시 화를 내는 바보짓은 하지 않았다.

유 국장이 나가고 둘만 남게 되자 준철은 더욱 주먹에 힘이 들어갔다. 이제 곧 이 자리의 주인은 바뀔 것이다. 청와대에 더 충성하고, 정치권 눈치 보는 놈으로.

유 국장이 자리를 벗어나자 박병호는 마치 제집 안방인 마냥 상석에 앉았다.

"내 참, 누가 누구더러 호랑이래. 내 눈엔 고양이 새끼구먼. 앉아요, 이 선생."

"말씀하십쇼. 서서 듣겠습니다."

"쯧쯧— 이쪽도 여전히 상황 파악 못 하는구먼. 보다시피 자네 상사가 자네 때문에 날아가 버렸어. 나한테 언제까지 뻰댈 거야."

이전보다 훨씬 더 고압적인 말투다.

공정위 고위직들을 다 옷 벗겼으니 과장쯤은 우습게 보이겠지.

"이래 봬도 나 이 선생한테 예우 많이 해 줬네. 자네는 쉽게 받아 냈지만 비례대표 1번은 그리 쉽게 주는 자리가 아니야."

"그건 예우가 아니라 청탁입니다. 그런다고 이 사건 덮을 수 없습니다."

"그래서 바로 내 등에다 칼을 꽂아? 그러면 내가 자네한테 엎드려 절이라도 할 줄 알았나?"

그걸 기대하진 않았지만, 바로 고위직들을 잘라 내며 수사팀을 압박할 줄도 몰랐다.

새삼 권력이란 게 얼마나 무서운 것인지 실감 난다.

"과거 얘기는 됐고 오늘은 미래지향적인 대화 좀 함세. 내가 그때 한 제안은 아직 이 선생한테 유효해. 주변에 민폐만 끼치는 그 성질머리 죽이고 내가 주는 동아줄 잡아."

"……비례대표가 그런 용도였습니까. 걸리적거리는 놈들한테 한 자리씩 내주는."

"이제야 정치를 좀 아네. 친구는 가까이 두고, 적은 더 가까이 두라는 말 들어 봤지? 자네가 나를 적으로 생각한다면 더 가까이 두게."

놈의 목소리가 더욱 득의양양해졌다.

"자넨 더 이상 이번 수사 진행할 수 없어. 고위직들이 다 잘려 나가는데, 밑에 팀장들이 자네 말을 계속 따르겠나?"

어쩐지 정의로운 검사가 왜 입당하고 더러운 정치에 뛰어드나 했더니.

인맥을 동원해 팔다리 다 잘라 버리고 당근을 내밀면 아무도 거부하지 못할 것이다.

"이건 여당과도 이미 협의가 다 끝난 문제네. 자네 비례대표 문제엔 아무도 시비 걸지 않기로 했어."

"그럴 필요 없을 겁니다. 주식은 할 줄도 몰라서 건들지도 않았고, 가진 건 전세 보증금이 전부라서요."

"사생활도 깨끗하시다? 흐하핫. 그럼 내 수고가 하나 줄었군. 볼수록 마음에 들어."

살짝 호의를 보여 주니 더할 나위 없이 흡족해한다.

그 표정을 보는데 머릿속에 오만가지 생각이 다 스쳤다.

눈 한번 딱 감고 저 손을 잡으면 모두 없던 일이 된다.

유 국장과 공정위원장은 다시 자리로 돌아올 수 있으며, 박병호의 비호 아래 탄탄대로 출세 코스를 밟을 수 있다.

게다가 이는 자연스레 한명그룹과 다리가 생긴다는 얘기.

주기적으로 용돈을 챙겨 받으며 평생을 호의호식할 수 있다.

그깟 양심 한 번만 저버리면.

"대표님, 저도 부탁 하나만 드리겠습니다."

하지만 그럴 수 없었다.

"한명그룹이 공사비를 엄한 곳에 쓴 바람에 제대로 된 공사가 이뤄지지 않았습니다. 삭감된 공사비는 하청들을 후려치며 손해를 보존했고, 그 과정에서 부실 공사로 인명 피해가 일어난 사건도 많았습니다."

이 모두 언론에 기사도 한 줄 나가지 않았던 사건들이다.

"이런 대기업들의 갑질과 횡포를 방지하라고 있는 게 국회 아닙니까? 정치권 피해 최소화하겠습니다. 덮을 수 있는 비자금은 덮고 기업인들 위주로 처벌하겠습니다. 대표님이야말로 제가 드리는 동아줄 받아 주십쇼."

특검 통과시킬 수 있다면, 그깟 당 대표가 받은 뇌물쯤이야 얼마든 덮어 줄 수 있다. 한명그룹과의 연결 고리만 끊는다면 뭐든 다 선처해 줄 수 있다.

"결국 내 제안을 받아들이지 않겠다는 거군."

하지만 이런 진심이 닿지 않았나 보다.

박병호는 긴 한숨을 내쉬더니 자리에서 일어나 버렸다.

"자넨 권력을 너무 물로 봤어. 뼈저리게 후회할 거야."

이변은 없었다.

공정위 수뇌부의 사임은 기정사실화되었고 즉각 전파를 탔다.

[속보 - 공정위원장 사임]

[최근 커지는 사태와 관련된 것으로 알려져]

[파장에 대한 심리적 부담]

[사임인가, 경질인가]

이를 두고 외압 논란이 튀어나왔지만 겨우 볼멘소리로 끝날 수밖에 없었다. 권력을 가진 모든 의원이 나란히 침묵해 버렸으니.

조직의 수장들이 날아가자 수사팀의 사기도 땅을 기었다. 이는 수사를 중단하라는 정치권의 명백한 협박이었으며, 현실적으로 수사를 더 진행시킬 방법도 없었다. 수사팀뿐 아니라 공정위 전체가 다 초상집 분위기였다.

"옌장할……. 그 과장 놈은 너무 설치는 거 아니야?"

"왜 아니겠어. 전임 국장님도 불명예 퇴진시키더니 현임자도 잡아먹는구먼."

"염치가 있으면 지가 옷 벗고 나가야지. 미꾸라지 한 마리 때문에 이게 뭐야?"

옳고 그름을 떠나 이 책임은 결국 준철이 떠안게 되었다. 공직 사회에선 무능한 놈보다 시끄러운 놈을 더 싫어하는 법이니.

전 직원들이 준철에게 눈길도 주지 않았고 수사팀도 왕따되기 시작했다.

땅에 떨어진 수사팀의 사기는 아침 회의에서도 느낄 수 있었다.

"과장님, 검찰에서 연락이 왔습니다만 3차 영장 신청은 하지 않겠다는군요."

"현실적으로 이젠 접는 게 맞습니다. 더 이상은 무리예요."

서 팀장과 배 팀장을 제외한 나머지 팀장들 전체가 다 반기를 들었다. 그들의 얼굴엔 이미 불만이 가득했다.

마음 같아선 그들을 질책하고 싶었지만 그럴 수 없었다. 이번 수사를 맡게 됐단 이유 하나만으로 이미 왕따를 당하고 있는 그들 아닌가. 이번 이력 때문에 앞으로 인사 불이익도 당하게 될 것이다.

"그렇군요……. 그럼 이 선에서 마무리합시다."

준철도 전의를 상실했다. 현실의 벽은 너무 높았다.

"모든 자료 검찰에 넘겨 주세요. 수사팀은 여기서 해체하겠습니다."

◎

한명건설이 맡은 아파트는 부실투성이었다.

공사 대금 상당수가 로비 자금으로 쓰였으니 제대로 된 공사가 이뤄질 수 없었다.

문제는 이 피해 대부분 하청에게 전가됐다는 것.

하청사는 삭감된 공사비를 맞추느라 졸속으로 공사했고, 이 과정에서 수십 건의 산재사고와 사망사고가 터져 나왔다. 그렇게 생을 마감한 억울한 죽음들이 얼마나 많을까?

"……."

알고 있었다.

그런 부작용을 다 알면서도 하청을 쥐어짜고 공사비를 삭감한 게 김성균이었으니까. 한명건설 본부장으로 지내며 직접 덮은 산재사고만 수십 건이다.

유가족들에겐 안전수칙 위반 등의 핑계를 대며 희생자를 두 번 죽였다.

"……."

바로 잡을 수 있을 거라 생각했다.

전생의 죄를 이번 생에 속죄할 수 있으리라 생각했다. 언론에 한명건설의 민낯을 폭로하면 모두가 동조해 줄 거라 생각했고, 국회도 더 이상 비호하지 못할 것이라 생각했다.

하지만 권력과 결탁한 재벌의 힘은 막강했다.

나는 여전히 무기력한 존재다.

"……."

하늘은 내게 왜 이런 시련을 내렸을까.

잘못된 것을 바로 잡을 수 있는 기회가 아니라, 잔인한 현실을 한 번 더 확인하라는 계시였을까.

"……."

모르겠다.

하지만 한 가지는 인정해야겠다. 전생이든 이생이든 최영석의 힘을 이길 수 없다는 것. 여기까지가 내 한계인가 보다.

"……."

그렇게 씁쓸한 얼굴로 담뱃재를 털어 낼 때, 별안간 우당탕 소리가 들리더니 옥상 문이 벌컥 열렸다.

"과장님……."

서 팀장이었다. 사색이 된 얼굴의.

착잡한 얼굴로 녀석을 보기도 잠시.

"영주에서…… 아파트가 무너졌답니다."

"뭐?"

"한명건설이 공사 중이던 아파트가 갑자기 무너졌답니다!"

질 끝판왕 사망
한명그룹
김성균 본부
아파트가 무너졌답니다

수도권에 있는 아파트 현장.

분양 2천 세대에 강남과의 접근성이 좋은 영주는 입찰 당시부터 많은 기대를 모았다.

대지 면적 20%를 차지하는 그린벨트를 해제하고, GTX 노선까지 확장하며 분양 시장 최대어로 등극했기 때문이다.

세간에선 이 정도 입지면 초가집을 지어도 완판이란 소리가 나왔다.

이런 열기에 호응하듯 주요 건설사들이 대거 입찰에 응모했고, 한명건설은 이 전쟁에서 당당히 승리를 거머쥐었다.

원체 기대가 컸지만 청약 시장의 반응은 더욱 폭발적이었다. 예상보다 비싼 분양가가 공개되었지만 만점 청약이 대거 접수되며 제2의 분당 소리가 나왔다.

강남과의 접근성, 대단지, 학군 3박자를 다 갖췄으니 프리미엄도 무섭게 치솟았다.

—긴급 속보입니다. 현재 한명건설이 공사 중인 영주 아파트 단지가 무너져 내렸습니다.

사고는 그런 열기에 찬물을 끼얹어 버렸다.

40층 높이의 아파트 외벽이 무너지며 일대가 지옥으로 변했다.

골격이 그대로 드러난 채 철근이 위태롭게 달랑거린다. 뉴스 헬기가 찍은 영상엔 한명건설의 로고가 그대로 드러났다.

일대는 전쟁이라도 난 듯 모든 차량이 통제되었고, 앰뷸런스 수십 대가 사고에 급파됐다.

건설노동자 사십 명이 잔해에 깔려 중상을 입었지만 그나마 이건 다행인 축에 속했다. 진원지 근처에 있던 인부 10여 명은 그대로 함몰되어 생사도 확인할 수 없었다.

—소방당국은 구조에 만전을 기하겠다 발표했지만 어려울 것으로 보입니다. 추가 붕괴 우려로 구조대가 섣불리 손을 쓰지 못하기 때문인데요.

—그럼 2차 붕괴의 가능성도 있단 말씀입니까?

—그렇습니다. 아직 공식 확인되진 않았지만 소방당국은 붕괴 원인을

부실시공으로 판단한 것 같습니다. 2차 붕괴 가능성을 높게 점치며 구조자의 안전 또한 지켜야 한다는 방침입니다.

–함몰자 가족들의 심정이 참담할 것 같습니다. 그럼 현재 몇 명의 함몰자가 생긴 겁니까.

–안타깝게도 아직 정확한 인원이 파악되지 않았습니다. 한명건설의 인명부에는 8명으로 기록되어 있었지만 명단에 포함되지 않은 인부들도 있기 때문입니다.

–명단에 포함되어 있지 않은 인부……. 이건 불법체류자일 가능성도 있다는 뜻일까요?

–그렇습니다. 현장 증언에 의하면 이 공사엔 불법체류자가 대부분이었다 합니다. 따라서 정확한 인원도 파악할 수 없으며, 최악의 경우 신원 미상의 희생자가 대거 나올 수도 있습니다.

공사가 얼마나 날림이었는지, 현장에 불체자 인부가 얼마나 있었는지는 차마 얘기도 꺼낼 수 없었다.

급파된 건설 전문가들이 2차 붕괴 가능성을 검토했지만, 실측에 나갔다 돌아오는 얼굴마다 굳어 있었다.

–구조 작업이 연일 지연되는 가운데, 골든타임이 계속 다가오고 있어 유가족들의 애를 태우고 있습니다. 소방당국은 일단 수색대를 편성해 함몰자들의 생사 확인부터 진행하겠다는 방침입니다. 이르면 내일 오전부터…….

야속하게도 골든타임 당일엔 2차 붕괴가 진행되어 아예 반쪽짜리 아파트가 되고 말았다.

공사 일대가 전면 통제되며 꼬박 한 시간을 걸어야 했다.

현장에 도착하니 아직까지도 매캐한 분진이 휘날리고 있었다.

처음엔 서 팀장이 무슨 말을 하는지 이해할 수 없었다. 수십 년 된 아파트도 아니고 이제 막 공사 중인 아파트가 갑자기 무너져 내리다니. 아무리 양심을 팔고 하청을 쥐어짜던 김성균이라도 그 정도로 날림 공사는 하지 않았다.

그러다 뉴스로 현장을 확인했을 땐 입이 다물어지지 않았다.

적나라하게 드러난 철근 구조와 무너진 외벽들. 내가 아는 한명건설이 아니다. 한명건설은 그때보다 더 한심해진 걸까.

폴리스 라인을 뚫고 현장에 더 근접했을 땐 유가족들의 오열이 들렸다.

이미 많은 시간이 지났음에도 아직 희망을 놓지 않고 있는 모습도 보인다. 눈시울이 붉어졌다. 저들에게 무슨 위로를 한단 말인가.

동정심은 곧 원망으로 뒤바뀌었다.

이번이 크게 터졌다 뿐이지 한명건설의 부실시공은 이미 악명이 자자했다. 뉴스에 기사도 나가지 않은 산재사고 사망자는 더 많다.

정치하는 놈들이 내 말을 들었더라면…….

그래서 특검이 통과됐더라면…….

어쩌면 이 사고도 막을 수 있지 않았을까?

불가능한 일이겠지만, 그런 생각이 들 만큼 권력자들이 사무치도록 미웠다.

“저기요! 여긴 함부로 들어오시면 안 됩니다.”

내 양복이 눈에 띄었는지 소방대원 하나가 급하게 달려왔다.

“어디 소속이세요?”

“공정거래위원회에서 왔습니다.”

“공정위? 여긴 재난 현장입니다. 경찰과 소방관만 출입할 수 있습니다.”

“김 주임! 아니야.”

그때 내 얼굴을 알아본 사내가 달려왔다.

그는 살짝 거수경례를 하더니 말했다.

“이준철 과장님이시죠. 한명그룹 조사 중이신.”

“예.”

“구조대책본부 허명훈 팀장입니다. 안쪽으로 오시죠.”

그는 마치 기다리고 있었다는 듯 능숙하게 나를 안내했다.

"괜히 제가 민폐만 끼치는 건 아닌지……."

"아니오. 어차피 상황 정리되면 보고를 드리려 했습니다. 본부장님께서 찾아올 거라고 미리 대비하라고 하셨거든요. 물어볼 거 있으면 뭐든 말씀하세요."

그의 목소리가 미묘하게 떨렸다.

나는 잔해에 묻힌 〈무사고 200일〉이란 현판을 보며 물었다.

"이 현장에…… 이번 사고가 처음입니까?"

그는 고개를 저었다.

"아니오. 조사 과정에서 그간 덮었던 산재가 다 드러났습니다. 타워 크레인이 쓰러져서 인부들이 다친 사고도 있었고, 고체 연료가 잘못 타 화상을 입은 사고도 있었습니다. 지금까지 이 현장에서 은폐한 산재만 해도 최소 스무 건이 넘습니다."

"전조 증상이 있었단 뜻이군요."

"차고 넘쳤죠."

"그럼 사고 원인은 파악됐습니까?"

"부실공사입니다. 빼도 박도 못할 만큼."

"강풍이나 설계상 문제라는 말도 있습니다만."

"다 핑계죠. 현 사고의 외부적 요인은 10%도 되지 않습니다. 여길 보시죠."

그를 따라 도착한 곳은 무너진 잔해의 현장이었다. 전생에 많은 공사 현장을 누볐지만 이렇게 무너져 내린 현장을 보기는 또 처음이다. 뉴스로 보는 것과는 차원이 다른 공포다.

"여기 이 철근 보이십니까? 끊어진 철근 두 개를 용접만 시켜서 억지로 이어 놨어요. 이게 왜 그러냐면……."

"공사하다 남은 철근을 폐기 안 하고 재탕했군요."

"아, 잘 아시는군요. 이런 철근이 한두 개가 아닙니다. 게다가 이 시멘트는 배합이 어찌나 엉망인지."

"혹시 이것도 잔여 시멘트 폐기 안 하고 재탕한 겁니까?"

"그렇죠. 시멘트 성분 조사해 보니 허가 안 된 중국산 시멘트까지 나왔습니다. 단가를 아끼려고 정말 별수를 다 썼습니다."

당연히 단가를 아끼는 데 혈안이었을 거다. 10원이라도 아껴서 여의도 의원들에게 상납해야 됐으니.

"결정적으로 이것들이 공기 단축을 너무 심하게 했습니다."

"공기라면 공사 기일 말입니까?"

"네. 하청사 사장들이 모두 공통된 진술을 했습니다. 양생이 채 굳지도 않았는데, 계속 건물 올리라는 지시만 내려왔다고."

양생은 고체 연료로 충분히 가열해 굳을 때까지 기다려야 한다. 공사의 기본 중의 기본이다. 하지만 그놈의 기일을 지키겠다고 시간을 재촉했고, 더욱이 여기에 쓰일 고체 연료

공급도 충분치 않았다.

"솔직히 이건 내부적 요인이 100%라 해도 무방할 정도입니다. 저도 20년이나 일했는데 이런 공사판은 처음이네요."

함몰자를 살리지 못했다는 죄책감 때문일까. 허 팀장의 목소리에서 묘한 분노가 느껴졌다.

"현재 희생자는 어느 정도 됩니까?"

"함몰자요? 그건 더 가관입니다. 한국인 인부 8명은 확인이 됐는데, 최소 10여 명의 불법 인부가 있었을 것이라 추정하고 있어요."

"불체자가 그렇게나 많았습니까?"

"작업반장이 스리랑카 사람일 정도니 말 다했죠. 이것도 아직 정확한 수치는 아닙니다. 구조 작업 진행되면 더 늘어날 겁니다."

수소문한 이름만 열 명. 정확한 숫자는 아직 파악도 안 된다.

그렇게 현장 탐방이 끝났을 때 내가 물었다.

"허 팀장님, 혹시 전화 많이 받으십니까?"

그의 표정이 확 굳었다.

"저도 많이 받아 봐서 여쭤보는 겁니다. 왔습니까?"

"……네. 쳐다도 못 보는 고위직부터 여의도 의원들까지. 안 오는 전화가 없더군요. 전화 내용은 다 비슷합니다. 외부적 요인 가능성을 강조해 달라는."

"뭐라 하셨습니까?"

"그러긴 싫다 했습니다. 아니, 사실 할 수도 없는 일이에요. 요즘같이 sns가 발전한 시대에 이 사건을 어떻게 덮을 수 있겠습니까."

왜 이 생면 부지의 사내가 나를 반겨 줬는지 알겠다.

엄청난 중압감에 시달렸을 것이다.

사상 초유의 사태에 아직도 정신 못 차리는 권력자들을 보며 혀를 내둘렀을 것이다.

"팀장님, 그럼 제가 부탁 하나만 드리겠습니다."

"부탁……요?"

"덮으란 부탁 아닙니다. 지금 보여 주신 양심 지키십쇼. 그간 이 현장에서 벌어진 산재 사고, 은폐 시도, 그리고 붕괴 원인 모두 솔직하게 말씀하십쇼. 여기엔 당연히 희생자 규모도 포함입니다."

"그럼 불체자 규모까지…….?"

"당연하죠. 어쨌든 그들도 희생자입니다. 한명건설이 불체자 고용을 얼마나 묵인했는지도 국민들에게 알려야 합니다."

긴 생각 끝에 그가 입을 열었다.

"알겠습니다. 어설프게 양심 팔아먹느니 그게 낫겠네요."

"고맙습니다."

그렇게 다짐을 받을 때 멀리서부터 소란스러워지기 시작했다.

"야! 카메라 저쪽에다 대! 저기 왔어!"

"최 기자 저기다!"

기자들이 가리킨 곳엔 안전모에 작업복을 입은 최영석이 있었다. 사고 당일 급하게 얼굴도장만 찍고 간 때와 달리 오늘은 매우 긴장한 얼굴이었다.

놈이 현장에 도착하자 기자들의 날 선 질문이 빗발쳤다.

—한 말씀 해 주십쇼. 왜 아직까지 붕괴 원인이 나오지 않는 겁니까.

—일각에선 소방당국을 압박하고 있단 얘기도 있습니다. 사실입니까?

—그간 로비 공사 의혹이 모두 사실이었습니까?

—공사비 삭감 이유가 진짜 로비 자금 때문이었습니까?

놈은 가증스런 얼굴로 울먹거리기 시작했다.

"모두 제 불찰입니다. 정말 죄송합니다."

—해명을 하십쇼! 의혹들이 모두 사실입니까?

"일단 지금은 구조 작업이 우선인 것 같습니다. 수습이 되는 대로 정확한 사고 원인 및 피해 규모에 대해 말씀드리겠습니다."

—아니, 사고 원인 정도는 말씀하실 수 있잖아요. 아직도 파악이 안 됐다는 겁니까?

"강풍, 부실 설계, 하청사들의 부주의 등 여러 다각적인 이유가 있는 것으로 추정……."

퍽.

얘기가 끝나기 전에 계란이 날아들며 희생자들 가족들이

달려들었다.

—야 이 살인자 새끼야! 그걸 말이라고 하고 있어?

—네가 공사비 삭감하고, 공기 단축해서 졸속으로 시공했잖아!

—왜 네 책임을 하청으로 돌려!

부랴부랴 경호원들이 막아섰지만 최영석은 양복 단추가 뜯어지고 머리가 헝클어지며 온갖 치욕을 당해야 했다.

그렇게 한바탕의 조리돌림이 끝났을 때 나와 눈이 마주쳤다.

우린 서로 말없이 한참 동안 노려봤다.

구조 작업은 밤낮을 가리지 않고 진행되었지만 희망적인 소식은 들리지 않았다. 3차 붕괴의 우려로 구조 작업은 좀체 속도를 내지 못했다.

일주일이 무의미하게 흘러가고, 겨우 중장비가 동원됐을 땐 비극적인 소식들만 들려오기 시작했다.

싸늘한 주검이 된 하청 근로자.

형체를 알아볼 수 없는 외국인 노동자.

구조대는 '구조'라는 말이 무색하게 시신 수습하기 바빴고, 현장엔 유가족들의 통곡이 끊이질 않았다.

국민 모두가 이 어처구니없는 사고에 분노하고 있을 때,

구조대보다 더 치열하게 머리를 싸매는 사람들도 있었다.

"현장에선 매일 사망 사고 소식만 들린답니다. 관계자들 얘길 들어 보니 실종자들은 모두 사망자가 될 거라고……."

민국당 당사.

당대표를 뺀 최고위원 회의는 절망 그 자체였다. 연일 사망자 숫자가 늘어 가며, 국민들의 분노는 걷잡을 수 없이 커지고 있다.

평소 이 정도 스케일의 사고가 터지면 표정 관리하기 바쁘다. 집권 여당에 모든 책임을 돌릴 수 있는 절호의 기회였기 때문이다.

하지만 이번 케이스는 사안이 달라도 너무 달랐다.

"벌써부터 책임론이 불거지고 있습니다."

"이젠 우리도 대답을 해야 돼요."

"우리 대체 뭐라고 해야 됩니까."

"이젠 박 대표님도 구체적인 지시를 내려 주셔야……."

쾅-!

"대표는 빌어먹을! 다들 왜 가장 중요한 얘기 안 하세요. 우리 지금 누구 때문에 비상대책회의 합니까?"

"……."

"공정위에서 한명특검 제안할 때 누가 거부했어요? 우리가 왜 집권 여당보다 더 욕을 먹어야 하는 겁니까."

회의실은 침묵에 잠겼다.

본격적으로 책임론이 대두되면 여당보다 야당에 더 치명적이다. 공정위의 특검 요구를 끝까지 묵살한 것도, 야당 본연의 역할을 무시한 것도 모두 민국당. 더 정확히 말해 박병호 대표의 지시였기 때문이다.

"한 최고의원님, 진정하세요. 지금은 특정 사람에게 책임을 묻기보다 함께 돌파구를 찾아봐야죠."

"김 최고는 아직 정신 못 차리셨나."

"뭐요?"

"내가 지금 그 유일한 돌파구를 말하잖소. 지도부 총사퇴하고 비대위 꾸리세요. 지금은 국민들한테 손이 발이 될 때까지 빌어야 됩니다."

"한 최고님 말씀 좀 가려 하세요. 지도부 총사퇴가 애들 장난입니까?"

그렇게 최고의원 회의가 파행될 찰나.

문이 덜컥 열리며 문제의 인물이 등장했다.

예고도 없이 등장한 박병호는 최고의원들에게 살짝 목례했다. 한 최고 이 광경을 곱게 넘어가지 않았다.

"박 대표님, 오늘은 최고의원 회의자립니다. 참석하실 자리가 아닐 텐데요."

"사안이 사안인지라 결례를 무릅쓰고 왔습니다. 양해 부탁드립니다."

일말의 미안함도 책임감도 없는 얼굴이다.

그도 그럴 것이 최고의원 9명 중 4명은 박병호키즈였으며, 이 자리에 오른 사람 중 기업에게 용돈 한 푼 안 받아 본 놈이 없었다.

"양해를 바라는 얼굴은 아닌 것 같습니다만."

"한 최고, 당연히 내가 원망스럽겠지만 표정까지 트집 잡는 건 너무한 거 아니오. 나도 그때 당시엔 그럴 만한 이유가 있었소."

"그럼 그 이유부터 말씀하시고 자리에 앉으세요. 납득할 수 없는 변명이라면 내가 일어나겠습니다."

한 최고 또한 4선 의원이었다. 한때 박병호와 당대표 자리를 두고 경쟁한 사이니 발언권은 비슷했다.

"그때 당시엔 어쩔 수 없었소."

"뭐가요?"

"공정위의 특검 요구 말이오. 양당 의원들이 고루 잡혀 너무나 큰 정치 스캔들이 될 수 있었어요. 비겁한 줄은 알지만 나 또한 대의를 위해 그들과 손잡았을 뿐입니다."

"그래서 그 대의를 위했던 결과가 뭡니까? 공사 중이던 아파트가 무너졌는데 이젠 우리가 그 똥물을 다 뒤집어쓰게 생겼네요?"

"아직 사고 원인은 밝혀지지 않……."

쾅!

"부실시공입니다! 폐기해야 될 철근, 콘크리트를 재탕했고, 양생이 굳기도 전에 건물을 올렸어요!"

"그건……."

"강풍 탓, 설계 탓 할 거면 집어 치우쇼. 국민들이 바보도 아니고 그 빤한 거짓말에 언제까지 속아 줄 것 같아요?"

"그럼 우리 한 최고께서는 정말 기업들한테 예우 한번 안 받아 보셨소?"

"불행 중 다행히도 한명그룹에 받아먹은 돈은 없네요."

"오십보백보지. 너도 까 보면 똑같은 놈이야. 왜 혼자 깨끗한 척이야."

"두 분 다 고정하시고 목소리 낮추세요. 1층에 기자가 쫙 깔렸습니다."

최고의원들이 뜯어말리자 한 최고는 자리에서 일어나 버렸다.

"역시 박 대표님이랑 긴 얘기 못 하겠네. 그냥 다수결로 합시다. 이 사태의 가장 좋은 해결책은 버릴 사람 버리는 겁니다."

"저, 저런 의리도 없는 새끼."

"난 수사당국이 특검 요구하면 조건 없이 다 받아들일 거고요. 한명그룹도 더 이상 두둔하지 않을 겁니다."

한 최고는 살벌한 눈빛으로 박병호를 노려봤다.

"근데 지금 박 대표님 체제에선 불가능한 일이겠죠? 당 지도부 전원 사퇴 및 비대위 구성을 건의합니다. 당연히 그 비대위 중에는 특검에 반대하는 이가 없어야 할 겁니다."

이는 한명그룹과 연관된 의원들은 물론 박병호 계 사람들 모두 내쳐야 한단 뜻이었다.

박병호도 지지 않았다.

"급하다고 바닷물 마시는 격이네. 여러분, 특검은 시작이지 끝이 아닙니다. 최 부회장 구속시키면 그다음은 국회의원 구속이고, 여의도는 아주 만신창이가 될 거요. 굳이 특검이 아니더라도 이 사태를 해결할 수 있는 방법은 많습니다."

"흥, 퍽이나. 오늘 내로 이 문제가 정리되지 않으면 난 최고의원 사퇴하겠습니다."

한 최고는 혀를 한 번 차더니 그대로 퇴장해 버렸다.

남은 최고의원들은 박병호의 눈치만 살폈다.

그렇게 얼마간의 시간이 지났을까.

"……죄송합니다, 대표님."

중진 의원이 슬며시 일어나 회의실에서 퇴장했다.

"저도 그건 무리이지 싶습니다. 죄송합니다."

"개인적인 감정은 없습니다. 당을 위한 결단이란 거 이해해 주십쇼."

순식간에 4명의 의원이 더 퇴장했고, 이제 남은 사람은 박병호 키즈들뿐이었다. 박병호는 애처로운 눈빛으로 이들을 봤다. 이들 모두 박병호에게 비례를 제안받거나, 입당 제의를 받아 정치 인생을 시작한 사람들이다.

"죄송합니다, 대표님."

하지만 대세를 막을 순 없었다.

"이, 이 최고 다른 사람은 몰라도 넌 나한테 이러면 안 되지!"

"당 지도부 사퇴 없인 이 문제 해결 못 합니다. 정말 죄송합니다."

그것을 신호로 남은 최고의원들 모두 줄지어 퇴장해 버렸다.

박병호는 그대로 주저앉았다.

이젠 죗값을 치러야 할 시간이다.

—그간 저희 민국당은 야당 본연의 역할을 저버리고 있었습니다. 현 사태의 참담함은 이루 말할 수 없는 심정입니다. 유사 이래 최악의 사고로 기억될 영주 사태에 누구보다 뼈저린 책임감을 통감합니다.

……(중략)…….

이에 따라 저희는 당 지도부 총사퇴를 결정했으며, 비상대책위원 체제로 사고 수습에 만전을 기하겠습니다.

당 지도부 해체는 이튿날 아침 즉각 발표되었다.

정치란 한번 이어진 끈은 여간해선 끊지 않지만, 한 번 끊어진 끈에 대해선 냉정하다.

민국당은 노골적으로 박병호 흔적 지우기에 들어갔다. 지도부 사퇴를 한기수 최고의원이 발표했고, 비대위 구성원들을 철저히 반 박병호 사람들로 채웠다. 당 차원에서 그들을 비호하지 않을 거란 메시지였다.

경질당한 박병호는 칩거에 들어가려 했지만 기자들은 그 꼴을 가만히 두고 보지 않았다.

–한명그룹과의 관계에 대해 해명해 주십쇼!

–그간 특검을 반대한 이유가 뭐였습니까?

기자들과 시민 단체들이 문정성시를 이루며 박병호는 사실상 가택 연금에 처해졌다.

민국당 비대위는 행여나 이 똥물이 튈까, 출범 당일 특검을 발의하며 철저히 그와 거리를 뒀다.

여야의 물밑 협상이 무산됐으니 여당도 이를 반대할 명분이 없다.

대한당은 한술 더 떠 연루된 의원들에게 탈당을 종용했다. 청와대도 국토부 장관 등 7명의 고위직들에게 사임을 요구하며 흔적 지우기에 들어갔다.

이렇듯 양당의 열렬한 호응(?) 속에 특검은 압도적인 표차로 통과되었다.

특검에 추천된 변호사 3명은 모두 노동변호사 출신으로 소위 말하는 '갑질 사건' 전문가들이었다.

그중 특검에 선임된 김기선은 첫날부터 파격적인 행보를 보였다.

"우리 특검 팀에 검사는 필요 없습니다. 기소는 내가 하면 돼. 중수부 출신이라 어지간한 건 더 잘합니다."

특검의 핵심이라 할 수 있는 1, 2, 3팀장이 모두 공정위, 국세청, 국토부 관계자들로 구성되었다.

"이게 무슨 의미인지 알 겁니다. 이번 비리 사건엔 법조계 인사들이 대거 연루되어 있죠?"

연줄로 얽힌 게 없으니 자유롭게 수사하란 뜻이다.

"아파트가 무너진 이유, 배경, 돈 받아먹은 놈들 명단. 일획일점의 가감 없이 모두 내게 보고하십쇼. 아, 그리고 3팀장."

"네. 특검장님."

"지금 한명건설이 맡고 있는 아파트가 얼마나 되지?"

"공사 중인 아파트만 전국 10여 채로 확인됩니다."

"그거 전부 다 중단시키고 현장 조사 들어가. 영주 아파트만 유난히 못 지어서 무너진 거 아닐 거야. 그치?"

당연한 얘기다. 같은 업체가 지었는데 다른 곳이라고 다르겠나.

"제2의 영주, 제3의 영주가 일어나선 안 돼. 현장 자료 싹 다 압수해서 건설법 위반 사례 있나 찾아오라고."

"알겠습니다."

"2팀장은 자금 좀 추적해 봐. 한명그룹이 돈 뿌릴 때 다 돈 세탁해서 뿌렸거든. 위장 계열사, 허위 계열사, 해외 계열사가 수십 곳일 거야."

"네. 자금 추적 샅샅이 해서 누가 얼마나 받았는지까지 보고드리겠습니다."

"좋아. 모두 고생 좀 하자고."

그렇게 모든 팀장들이 각자의 자리로 돌아갔지만 준철의 그의 부름에 발이 묶였다.

"이준철 팀장……. 이거 좀 쑥스럽구먼. 특검은 자네가 맡고 내가 서브를 맡아야 할 것 같은데."

"아닙니다. 별말씀을요."

"다름 아니라 영장 얘기 좀 하고 싶은데……."

김 특검이 슬쩍 눈치를 봤다.

"최영석이는 당연히 영장 쳐야겠지?"

"네. 그자가 첫 단추입니다. 최영석 구속 못 시키면 이 특검은 하나마나입니다."

"좋아. 그럼 내일 당장 구속하지. 오늘 신청하면 한두 시간 안으로 발부될 거야."

핑 눈물이 돈다.

세 번이나 거부당한 영장 발부. 그중 한 번은 검찰의 문턱도 넘지 못했다. 그게 이렇게나 쉽게 되다니.

철옹성 같은 한명그룹이 무너졌다는 게 이제 좀 실감이 난다.

"문제는 그다음인데……."

김 특검은 슬쩍 눈치를 살폈다.

"준 놈을 구속시켰으니, 먹은 놈도 구속시켜야지? 근데 국회의원 영장은 내 권한 밖이네. 의원들은 불구속수사가 어떨까."

김 특검의 주저하는 눈빛이 무얼 우려하는지 안다.

국회의원에겐 면책 특권이 있다. 이들을 구속하려면 국회에 체포 동의안을 제출해야 한다. 물론 현역 의원들이 구속된 사례가 아주 없지는 않으나 지금은 그 숫자가 많아도 너무 많지 않은가.

"엄격한 잣대 들이밀면 최소가 30명이야. 물렁한 잣대 들이밀면 편파 논란 나올 거고."

울며 겨자 먹기로 특검을 통과시켜 주긴 했지만 국회도 현역 의원들의 구속을 바라진 않는다.

"특검장님, 혹시 이 문제 가지고 외압이라도……."

"오해하지 마. 특검으로 임명됐을 때 청와대에 미리 말해놨다. 나한테 전화 한 통이라도 보내는 놈 있으면 그놈도 수사 대상에 올릴 거라고."

"그렇군요. 오해해서 죄송합니다."

"충분히 의심할 수 있는 일이지. 아무튼 돌아가서, 의원들은 불구속 수사로 진행하는 게 어때? 도주의 염려도 없고 현 상황에서 증거 인멸할 우려도 없잖아?"

모든 수사는 불구속수사가 원칙이다. 게다가 지금은 재벌 총수를 구속시켰고, 사건 내막 또한 전부 파악한 상태다.

"구속은 최영석이만 시키는 게 어때?"

현 상황에서 의원들 구속시키는 건 상징적인 일일뿐.

"특검님, 그럼 더더욱 의원들 구속시켜야 합니다."

"뭐?"

"첫 단추 잘 꿰었다고 두 번째 단추 막 낄 순 없잖아요. 사실 이 사건 따지고 보면 돈을 준 놈보다 받은 놈이 더 나쁩니다."

기업은 누구나 다 로비에 혈안이 되어 있다. 거기에 응하고 특혜를 준 놈들이 더 나쁘다.

"무슨 얘긴지는 아는데 현실적인 한계도 생각해야지. 현직 의원 30명을 구속시키는 건 전무후무한 일이다."

"공사 중이던 아파트가 갑자기 무너진 것도 전무후무한 일입니다."

"……."

"말 안 듣는다고 공정위 수뇌부 다 물갈이해 버린 것도 전무후무한 일입니다."

"……."

"이젠 국회가 국민들 눈치를 봐야 할 때입니다."

김 특검은 고개를 내저었다.

그래, 지금은 비상식의 시대지. 21세기에 갑자기 아파트가 무너져 내렸고 총체적인 문제점이 드러났다. 당연히 조사 수위도 이에 걸맞아야 한다.

"젠장, 근데 우리가 그렇게 영장 다 치면 들어주려나. 국정 혼란 핑계 대면서 방탄 국회로 돌변할 것 같은데."

"그걸 국민들 앞에 보여 주는 것 또한 의미가 있을 겁니다."

김 특검은 서류를 건넸다.

"좋아. 그럼 먼저 최영석이 영장 치고, 바로 체포 동의안 신청하자."

김 특검의 장담대로 영장은 2시간 만에 발부가 되었다.

자정 가까운 시간에 최영석의 구속이 결정됐다. 놈은 자택에서 서초구로 자진 출두했고, 방송국들은 이 역사적인 순간을 생방송으로 다뤘다.

카메라에 잡힌 최영석은 모든 걸 체념한 얼굴이었다.

자신의 구속 소식을 뉴스로 알게 되었다. 법조계 인맥들이 모두 등을 돌렸단 뜻이며, 이젠 의지할 곳 하나 없어졌다.

그런 심정에 염장 지르듯 동부구치소엔 레드카펫보다 더 화려한 무대가 마련되었다. 기자들과 유수의 시민 단체들이 그의 구속을 축하해 주러 온 것이다.

–연일 사망자 보고가 늘어나고 있습니다. 현장에서 불법체류자 고용 사실을 알고 계셨습니까?

–특검 3팀이 붕괴 원인을 내부적 요인이라 발표했습니다. 이에 대한 입장은요?

–하청 근로자 유가족들에게 하실 말씀 없습니까?

기자들의 날선 질문은 쉴 새 없이 이어졌다. 분노를 참지 못한 시민 단체들의 욕설도 간간이 들렸다.

최영석은 눈물을 글썽거리며 고개를 푹 숙였다.

"죄송합니다……."

–누구한테! 너네한테 돈 받아먹어서 곤란해진 의원들한테?!

"죗값을 받더라도…… 최고경영자로서 이 모든 사태를 다 수습하고 난 뒤 받고 싶었습니다."

–거짓말하지 마, 이 살인자 새끼야!

"이 자리를 빌려 유가족들에게 진심으로 사죄의 말씀드립니다. 모든 죗값을 달게 받겠습니다."

나오는 말과 달리 그는 초호화 변호인단을 대동하고 있었다. 최선을 다해 법적 다툼을 하겠단 의지다.

이를 생방으로 지켜보던 국회 회의실에선 긴 한숨이 튀어나왔다.

비밀리에 모인 양당 중진들은 숨소리도 내지 못했다.

이제 모든 스포트라이트는 국회로 넘어올 것이다. 돈을 준 놈이 구속당했으니, 받은 놈이라고 무사할 수 있을까?

"특검에서 공문을 보내 왔습니다. 체포 동의안이에요."

"얼마나 시킨답니까."

"얼추 서른 명쯤 됩니다. 봐준 사람은 한 놈도 없더군요."

국회 정원이 299명. 서른 명 구속은 국회의원 10%를 날려 버리겠단 뜻이다.

"그건 너무 무모한 요구 아니오. 문제 된 인사 탈당으로 마무리할 수 없습니까?"

"말이 안 통하더군요."

"대표님, 그 정도 인원이면 국정 혼란이 불가피합니다. 다시 설득해 보시지요."

"재보궐 선거를 하든 뭘 하든 알아서 하라는 게 특검 입장입니다."

대한당 수뇌부, 민국당 비대위 모두 똥 씹은 얼굴이 되었다.

지금 당하는 망신도 벅찬데 국회의원 구속이라니.

체포 동의안이야 국회가 적당한 핑계를 대며 거부할 순 있지만 아무도 그 얘길 꺼낼 수 없었다.

국민들의 분노가 하늘을 찌르는 시국이다. 조금이라도 두둔했다간 당의 앞날을 장담할 수 없을 정도다.

"한 비대위원장님, 어떻게 하면 좋겠습니까?"

여당 대표의 물음에 한기수가 고개를 저었다.

"나도 이번 사태에 대해선 강경한 입장인데, 특검이 너무 간 것 같습니다. 불구속 수사로 진행해도 충분할 것 같은데."

"제가 봐도 그래요. 지금 상황에서 구속은 상징적인 의미일 뿐인데."

"정 그리 구속해야겠으면 상징적인 몇 사람으로 끝내죠."

"상징적인 사람?"

"저흰 전임 대표 박병호 의원이랑 몇 사람 추려서 손절하겠습니다. 이러면 특검도 섭섭지 않을 겁니다."

여당 대표는 그 뜻을 단번에 알아들었다.

"그럼 저희 쪽에서도 상징적인 몇 사람이 필요하겠군요."

"네. 특검 체면도 세워 주고 국민들도 납득할 만한, 적당한 인사 몇 명이면 될 겁니다."

"그게 좋겠습니다. 사실 특검의 요구는 너무 무리예요."

"맞습니다. 그래도 우리 식구들 아닙니까."

"사실 건설 비리가 어제오늘 일도 아니고 좀 심한 감이 없잖아 있습니다."

따지고 보면 다 식구들이고 동료들이다. 이 자리엔 연루된 사람들에게 신세 진 사람도 적지 않았다.

모처럼 희망적인 얘기가 나오자 양당 의원들이 열렬히 환호했다.

"솔직히 그 인원 다 구속시키면 국회 위신은 아주 엉망이 될 겁니다."

"체포 동의안은 적당히 거부하는 걸로 하시죠."

한기수는 여당 대표를 보며 슬쩍 운을 뗐다.

"그럼 이제부터 우리가 잘 협조해야 합니다."

"협조요?"

"네. 유권자들 마음 뻔해요. 1번 아니면 2번 아닙니까. 우리가 서로 보듬으면 결국 그 표 어디로 가는 게 아니란 말입니다."

"그건 그렇죠. 뭐 3당을 창당할 것도 아니고."

"그러니 이건 계산 정확히 해서 같이 맞읍시다. 국회 체포 동의안 때 나란히 반대표를 던집시다. 명분은 원활한 국정 운영을 위해 불가피한 선택."

한 사람이라도 빠져나가선 안 된다.

"욕은 같이 먹자는 말씀이군요."

"네. 서로 치명상 입으면 결국 똑같은 거 아닙니까."

"공감합니다. 매도 같이 맞으면 덜 아픈 법이죠."

합의점에 다다르자 서로 웃음까지 나왔다.

"솔직히 마음이 좋지 않았어요. 결국 우리 한솥밥 먹던 식구들인데 너무 야박한 건 아닌지."

"왜 아니겠습니까. 하필 선배들도 많이 걸려서."

비대위원이라 해도 전부 얽히고설킨 관계. 그놈이 저놈이요, 그 나물에 그 밥이다.

아무리 초유의 사태가 펼쳐졌다 한들, 결국 이들은 자기 잇속을 챙길 수밖에 없다.

그때, 회의장 문을 열고 웬 젊은 놈이 등장했다.

"뭐, 뭐야?"

"여기 계셨군요."

"당신 누구야? 여긴 어떻게 들어왔어?"

"안녕하세요. 공정위 이준철 아니, 특검 1팀장 이준철입니다."

중진들은 사색이 됐다. 최근 언론에서 가장 많이 등장하고 있는 문제의 그놈이다.

"알 얘긴 다 아실 겁니다. 30분 전에 최영석 부회장이 구속을 당했습니다. 그리고 이젠 그 잔당도 구속해야 할 것 같은데요."

"무슨 말씀인지……."

"현재 연루된 국회의원들 모두 검찰이 인계하겠습니다."

여야 의원들이 약속이라도 한 듯 자리에서 일어났다.

"이보세요. 그건 좀 다각적으로 봐야 합니다. 의원 20여 명을 어떻게 한 번에 다 구속시킵니까. 원활한 국정을 위해서라도 그런 일은 없어야 돼."

"명백한 비리 의원인데요."

"정의만 앞세워서 될 게 아니야. 이건 현실적인 이유도 필요한 법이라고."

"솔직히 불구속으로 수사해도 될 거 아닙니까. 구속은 이제 상징적인 문제라고."

득의양양한 의원들의 얼굴.

나는 낮게 한숨을 쉬었다. 한편으론 다행이란 생각도 들었다.

"제가 잘 찾아왔군요. 국회에서 체포 동의안 안 내줄까 걱정돼서 왔는데. 아파트 몇 개 더 무너져 봐야 의원님들이 정신 차리시겠어요."

"뭐, 뭐야?"

놈들에게 자료를 던졌다.

"저희 특검팀이 조사한 바에 따르면, 영주 아파트뿐 아니라 많은 공사 현장에 공통된 문제점이 발견되었습니다."

"……뭐요?"

"불량 자재에 불량 시공. 무너진 게 영주 아파트일 뿐이지, 다른 곳도 다 똑같은 아파트예요."

"그, 그건……."

"저흰 지금 다른 하청사를 돌며 관련 증언을 확보할 계획입니다. 정리되는 대로 이 내용을 언론에 발표할 거고요."

숨소리도 들리지 않았다.

그런 마당에 국회가 체포 동의안을 거부했다? 불에 기름을 붓는 꼴이다.

"왜 좋은 권한을 자꾸 나쁜 데 씁니까. 국회가 방탄 국회가 되는 순간, 함께 순장 당하는 겁니다."

"……."

"표결 때 부디 현명한 선택하시길 바랍니다."

◎

예고한 대로 의원들에게 영장이 발부됐다.

연루된 의원들은 동원할 수 있는 모든 스피커를 동원해 특검을 음해했다.

국정 혼란을 핑계로 어떻게든 빠져나가려 했다.

하지만 동료 의원들에게 철저히 외면당하며, 꼴만 초라해져 갔다.

그렇게 체포 동의안 표결 당일.

더러 머리를 삭발하고, 붉은 띠를 맨 무리들이 의사당을 점거했다.

"특검이 헌법을 능욕하고 있습니다! 국회의원의 지위는 헌법에 보장된 내용입니다!"

"동료 의원 여러분, 오늘은 치욕의 날로 기억될 겁니다. 역사 앞에 부끄러운 표결을 하지 마십쇼."

국회 연설은 사형수의 최후 발언처럼 처참했다. 하지만 동료 의원들은 모두 시선을 피하기 바빴다.

대중에게 너무 큰 파급력을 준 사건 아닌가. 행여나 친분 기사라도 날까 봐 모두 시선을 피했다.

삼엄한 분위기 속에 체포 동의안은 무기명 투표로 진행되었다.

"그럼 투표 결과를 말씀드리겠습니다."

국회의장이 의사봉을 들었다.

"국회 체포 동의안 찬성 250표. 반대……."

"말도 안 돼! 이건 정치 탄압이야! 무효야!"

"……이로써 체포 동의안이 통과되었음을 선포합니다."

땅땅땅-!

질 끝판왕 사망
한명그룹
김성균 본부
참회록

동부구치소 변호사 접견실.

수인복을 입은 최영석과 초호화 변호인단은 한마디도 입을 열지 못했다.

현직 의원 30여 명에게 영장이 발부된 초유의 사태다. 양당 지도부는 연루된 자들에게 탈당을 종용했고, 그래도 버티는 놈들은 제명시켜 버렸다.

사력을 다해 한명그룹과의 연결 고리를 끊는 모양새.

정치권에서 손절에 들어갔으니 재판 결과는 이미 나온 것이나 다름없다.

"다행히 구조 작업은 거의 막바지에 이른 것 같습니다."

김 비서실장이 눈치를 살피다 말문을 열었다.

아무런 미동도 보이지 않는 최영석을 대신해 수석변호사가 물었다.

"피해 규모가 얼마나 됩니까?"

"한국인 8명에 신원 불명 사망자 15명 정도……. 다행히 총 사망자가 서른은 넘지 않을 것으로 보입니다."

"김 실장님, 혹시 유가족들은 만나 보셨습니까?"

"사과하려 몇 번 시도해 봤습니다만 만나 주질 않더군요. 보상 얘긴 아직 꺼내 보지도 못했습니다."

사람이 죽은 건 딱히 이들에게 관심 대상이 아니다. 그 죽음에 얼마의 대가를 치를지가 관건이다.

수석변호사는 눈치를 살피다 말문을 열었다.

"보상은 넉넉잡고 10억 정도로 계산하는 게 좋겠습니다. 이 정도면 산재 사망사고 최대 보상금액이니 그쪽도 별 불만 없을 겁니다."

"물론 이는 한국인 인부 기준입니다. 신원 불명의 사망자들에겐 다른 기준이 적용될 겁니다."

신원 불명자는 불법체류자를 뜻한다.

이들은 산재 보험 가입자도 아니며, 국민들의 동정심도 덜 받는다. 이는 곧 더 싼 보상금을 줘도 된다는 얘기.

"사실 그들은 보상 액수가 중요한 게 아닙니다. 10억의 반만 줘도 본국에선 어마어마한 돈이니."

"중요한 건 불체자와 한명건설의 연결 고리를 끊는 겁니다."

"불체자 고용은 원청이 몰랐던 얘기가 돼야 합니다. 사실 이건 다른 문제로 불거질 수 있어요."

"결국 하청사장들이 당국에 잘 말해 주는 게 관건인데……."

"그만들 해."

긴 침묵 끝에 최영석이 입을 열었다.

"불체자든 한국인이든 보상은 다 10억으로 정리해. 그쪽 문제는 뒷말 나와서 좋을 게 없으니."

변호사들은 입을 다물었다.

사실 사망자들에게 10억씩 지급해도 겨우 230억이다. 지금은 그보다 훨씬 더 골치 아프고 막대한 보상 문제가 남았다.

"김 실장, 조합원들 반응은 어때?"

잠시 정적이 흘렀다.

이건 겨우 수백억으로 해결할 수 없는, 수천억대의 문제다.

"완전히…… 돌아섰습니다. 시공사를 바꾸겠단 기류가 강하다고."

"만약 바꾸면 어떻게 되지?"

"35개동 아파트를 모두 철거하고 저희가 위약금까지 내야 합니다. 조합원들이 따로 제기하는 민사소송에서도 저희가 불리하고요."

막연한 숫자에 맥이 탁 풀려 버린다.

서른다섯 채 의 아파트를 짓는 데만 해도 수천억 원의 돈이 들었다.

만약 조합원이 계약을 취소하면 이걸 다 허물어야 하고, 공사 기일을 맞추지 못한 위약금까지 따로 내야 한다.

건설업계에서 유례를 찾아 볼 수 없는 손실액이다.

"막을 수…… 없겠나?"

최영석이 손을 달달 떨며 물었다.

"많이 어려울 것 같습니다. 건물 다른 동에서도 비슷한 하자가 계속 발견되고 있어서……."

"만약 그거 다 보상한다고 하면?"

"이런 말 뭣하지만……. 이미 한명건설에 대한 신뢰가 많이 떨어졌습니다. 어지간해선 마음을 돌리지 못할 겁니다."

영주 아파트는 전국에 보도되며 이미 국민들에게 나쁜 이미지가 각인이 되었다.

완공하고 난 이후에도 붕괴 아파트란 꼬리표가 따라다닐 것이다.

단순히 이미지만 나쁜 게 아니라 그것이 사실이기도 하다. 붕괴된 101동의 하자가 다른 동에서도 발견되었으며, 나아가 영주가 아닌 다른 곳에서도 발견되고 있다.

1군 중의 1군이라 불리던 한명건설의 입지는 끝을 모르고 추락 중이었다.

그 끝이 어디인지는 아무도 모른다.

떠들기 좋아하던 변호사들도 이 문제 앞에선 입을 다물고 있는 수밖에 없다. 사망자들이야 돈 몇 푼 주면 입막음할 수 있지만, 조합원은 다르다. 어쩌면 이번 붕괴 사고로 수조 원의 손해가 발생할 수도 있다.

"지금 우리 자금 여력은 어떻게 되지?"

"사실 사내 유보금은 한 푼도 없습니다. 한솔테크 인수합병 때 대출까지 받아 주식을 인수했으니까요."

경영권을 차지하기 위해 웃돈까지 내가며 인수했던 주식. 이제는 그게 화살이 되어 돌아왔다.

기나긴 회의 끝에 결국 한 가지 결론에 이르렀다. 막대한 소송은 예정되어 있으며, 이를 감당할 돈은 없다.

최영석은 담배를 지져 끄더니 긴 한숨을 쉬었다.

"그럼 결국 그 방법밖엔 없군."

이제는 죽는 것보다 더 싫은 그 방법을 선택해야 한다.

바로 자신의 지분을 정리하는 것.

"김 변호사……. 혹시 이거 담보로 대출 좀 받아 볼 수 없나?"

"어려울 것 같습니다. 향후 주가 전망이 불투명한지라……. 설사 담보로 설정한다 해도 주가의 50%도 안 될 겁니다."

한명건설의 주가는 이미 유례없는 하락장을 맞이하고 있었다.

이걸 담보로 받아 줄 은행은 없다.

"그럼 PF대출 만기 좀 늘려 볼 수 없나. 만기만 늘려 주면 자금 좀 융통할 수 있는데."

"국민들 눈치 때문에 그것도 어려울 것 같습니다. 사실 만기 연장은 청와대에 너무 큰 부담입니다."

끝까지 지분을 방어하려 했지만 이마저도 요원했다.

결국 최영석은 백기를 들었다.

"김 실장, 주가 공시 띄워. 내가 사재 출현한다고……. 내 지분 일단 10%만 정리해."

10%면 택도 없을 텐데……. 전량 매도해도 부족할 텐데.

"그리고 이제부턴 선택과 집중을 하자. 죽은 사람 보상 문제는 그냥 뒷말 나오지 않게 끝내. 가장 중요한 건 조합원들 마음 돌리는 거야. 조합원들 최대한 달래서 영주 아파트 완공한다."

"……예?"

"공사비를 감축해 주든, 아파트 다시 지어 주든 뭘 하든 간에 무조건 영주 아파트 사수하란 말이야. 적자를 보더라도 이 아파트는 무조건 우리가 지어야 돼. 여기서 물러나면 끝이다."

결자해지.

최소한 책임지는 모습이라도 보여 줘야 한다.

이것마저 놓치면 앞으로 한명건설의 미래는 없다.

구조대책본부 허명훈 팀장은 첩보전을 방불케 하는 모습으로 약속 장소에 나왔다.

기름진 머리와 턱 끝까지 내려온 다크서클은 구조 작업이 얼마나 고단한지 말해 주었다.

"죄송합니다. 바쁘실 텐데 제가 너무 시간을 뺐네요."

"별말씀을요. 그래도 특검 통과되고 나니 외압이 많이 줄었습니다. 과장님 덕분에 마음은 편하네요."

"사망자 집계는 거의 다 끝난 겁니까?"

"네. 마지막 시신 수습했습니다. 총 사망자는 23명으로 마무리될 겁니다."

아무도 살아 돌아오지 못했다. 구조 작업은 절망의 연속이었다.

"아, 근데 한명건설에서 유가족들과 접촉한단 애기가 있던데. 들으셨습니까?"

"유가족을요?"

"모르셨구나. 아무래도 보상안 얘기를 하는 것 같습니다. 희생자들에게 10억씩 지급한다더군요."

젠장 한발 늦었다. 돈 얘기 벌써 시작했구나.

"사실 산재 사망사고에 10억은 꽤 많은 돈입니다. 일단 이쪽과는 확실히 합의를 하려는 모양이에요."

"글쎄요. 그 10억은 한국인 기준 아닙니까? 불체자 인부들한텐 다른 기준이 적용될 것 같은데."

"저도 그럴 줄 알았는데, 의외로 아니더군요. 희생자 모두에게 10억씩 지급하겠다고 합니다."

상당히 의외였다. 최영석은 안 줄 수 있는 돈이면 10원도 깎아 버리는 놈인데.

"진짜 문제는 이제 이 아파트를 어떻게 할지인데……."

"무슨 문제 있습니까?"

"한명건설이 조합원 설득에 총력을 다 하고 있어요. 공사비를 대폭 삭감하고, 인테리어 옵션을 무상으로 지원하겠다 하면서."

당연한 얘기다. 이 계약이 파투나면 한명건설은 돌아올 수 없는 강을 건너게 된다.

브랜드 인지도는 추락할 것이며, 철거비에 위약금까지 지불해야 한다.

"그걸 조합원이 들어주겠습니까?"

"네."

"예?"

"놀랍게도 조합원들이 서서히 설득 당하고 있습니다. 어제 조합원 회의 잠깐 참석했는데, 의견이 반반으로 갈리더군요."

야속하지만 돈 앞에 장사 없었다.

최영석이 사재까지 풀며 보상에 최선을 다하겠다고 약속하자 조합원들이 서서히 무너지기 시작한 것이다.

"그게 문제가 없는 겁니까?"

"왜 없겠습니까. 무너진 101동의 하자가 다른 동에도 똑같이 발견되고 있어요. 상식적으로 생각해도 이건 절대 한명건설과 합의해선 안 되는 문젭니다."

드러난 암세포가 이 정도면 속은 얼마나 썩었겠는가. 서른다섯 채의 아파트를 다 까 보면 문제의 심각성이 더 드러날 것이다.

"그럼 당연히 말려야죠."

"해서 제가 어제 구조대책본부장 자격으로 전 아파트 하자 실태에 대해 증언했습니다. 한데 요지부동이에요. 눈에 띄게 심각한 동 몇 개만 철거하고 그대로 공사 진행하겠다는 입장입니다."

주먹에 힘이 들어갔다.

"사실 최 부회장이 승부수를 잘 띄웠죠. 자기 주식 처분하고 수습에 최선을 다하겠다 하니 사람들이 한둘 속아 넘어갑니다."

"조합원은 아직 문제의 심각성을 인지하지 못하는 모양이군요."

"모르겠습니다. 문제의 심각성을 몰라서 저러는 건지, 아니면 알면서도 당장 눈앞의 이익을 포기 못 하는 건지."

큰일이다.

만약 최영석이 사망자 유가족과 조합원이랑 합의를 해 버리면 처벌 수위는 극도로 낮아질 수밖에 없다.

"그럼 확실히 이해시켜야겠네요. 저 아파트는 절대 지어선 안 된다는 걸."

"네……. 근데 방법이 있습니까?"

"현장 사람들의 증언을 확보해야겠습니다."

허 팀장의 눈이 커졌다.

"현장사람들? 누구요?"

"하청사요. 그 사람들은 공사 시작부터 지금까지 직접 일한 사람들 아닙니까. 문제의 심각성 알리고 계약 파기 되게끔 해야겠네요."

"뭐 맞는 말씀입니다만……. 하청사들은 모두 한명건설에 목줄 잡혀 있는 사람들입니다. 원청에 불리한 진술을 할까요?"

"이번 사고 피해자 대부분이 하청근로자였습니다. 양심이 있다면 정직하게 고백할 겁니다."

자신 있게 말했지만, 사실 자신은 없었다.

하청은 원청의 살인죄도 뒤집어써 줄 사람들. 사실 그들을 설득하기란 쉽지 않다.

"아무튼 그건 제가 해 보겠습니다. 그리고 허 팀장님, 부탁 하나만 드릴게요."

"말씀하세요."

"추후 수습과 관련해 아마 기자들이 허 팀장님을 많이 찾을 겁니다."

"네."

"절대 흔들리지 마시고 방금처럼 있는 사실 그대로 말씀해 주세요. 나머진 제가 알아서 하겠습니다."

그는 긴 한숨을 내쉬더니 말했다.

"그 정도야 뭐 어렵지 않죠. 그건 제 양심껏 말하겠습니다."

구속된 야당 의원들을 한곳으로 집합시켰다.

"목표가 뭔지 모르겠지만 자네는 글렀어. 이 세상은 능력 있는 놈보다 적을 만들지 않는 놈이 더 오래가는 법이야. 이 짓거리를 하고도 나중에 무사할 것 같아?"

옛말 틀린 거 하나 없다. 자리가 사람을 만든다. 취조실에서 만난 박병호는 아직도 자신을 야당 대표라 생각하는 모양이었다.

"그건 제가 할 소리 아닙니까. 이렇게 해 먹고 평생 무사할 줄 알았어요?"

"이 새끼가 듣자 듣자 하니까!"

"말씀 좀 가려 합시다. 동네 양아치도 아니고 새끼가 뭐요. 특검 팀장한테."

"고작 3개월짜리 특검 권력이 평생 갈 줄 알아? 어디 두고 보자. 내가 정계 복귀하면 네놈부터 아작을 내 줄 테니!"

어이가 없어서 실소가 나왔다.

"정계 복귀라……. 일상생활 복귀도 불가능하실 텐데 꿈이 참 거창하시네요."

놈도 지지 않았다.

"공사 불량을 자꾸 우리 책임으로 돌리지 마! 아파트가 무너진 건 한명건설이 시공을 개판으로 했기 때문이지 우리 책임이 아니야."

"……맞아요. 살인 사건 일어나면 칼장수까지 처벌합니까?"

"우리가 받은 돈은 그룹 차원에서 뿌린 통치 자금이었지, 결단코 공사 대금이 아니었습니다."

꼴뚜기가 뛰면 망둥어도 뛴다고.

박병호가 기세등등하게 나오니 주변 의원들도 가세하기 시작했다.

"솔직히 나는 이 자리에 끌려 온 것 자체가 억울합니다. 아파트 몇 채를 샀는데 우연히 재개발 호재를 맞았을 뿐이에요. 한명건설에 받은 돈은 한 푼도 없소."

"나도 억울해요. 우리 막내아들이 한명그룹 임원으로 일한 게 어떻게 채용 특혜입니까. 돈은 일절 받지도 않았소."

"장외 주식 산 것도 죕니까? 그게 한명그룹 계열사랑 합병할지 내가 알았겠어요?"

나는 더 이상 웃지 않았다.

"송 의원님, 우연히 산 아파트 다섯 채가 두 달 만에 재개발됐다? 그런 걸 바로 재개발 특혜라고 하는 겁니다. 박 의원님, 스펙 하나 없는 아드님이 한명그룹 말단 임원이 됐죠? 그게 바로 채용 비리입니다. 김 의원님은 죄질이 더 나쁘시네. 내부자 정보 빼돌려서 주식 샀다는 거 아닙니까. 합병 비율 보니까 정직하게 한 것도 아니던데, 주가 조작 혐의도 추가해 드리겠습니다."

자리에서 일어나자 세 사람이 엎드리며 뒷다리를 잡았다.

"아이고, 아닙니다! 내 말뜻은 그게 아니었어요!"

"인정합니다! 한명그룹에 특혜를 받았어요."

본전도 못 찾을 소리를 왜 한담.

중진들이 납작 엎드림으로써 취조실 기싸움은 한순간에 정리되었다.

나는 박병호를 노려보며 서류를 내밀었다.

"이게 끝이 아니라는 건 더 잘 아시죠? 좀 더 캐 보니 아주 가관이더군요."

"……."

"10년 전이었나. 갑자기 주택 가격 폭락해서 하우스 푸어 얘기 나왔던 적 있죠. 한명건설 아파트가 대규모 미분양이 났는데 이 물량을 국토부에서 다 쓸어 담으셨더군요."

당시 건설업계에 쓰나미가 들이닥치며 줄도산이 이어지고 있었다.

하여 정부는 대량 PF 부도 사태를 우려하여 한명건설 아파트를 대거 사들였다. 분양가가 높아서 안 사는 것인데 이걸 매입하며 경기를 부양한 것이다.

당시에도 이에 대한 논란이 많았지만, 경기 침체라는 핑계 때문에 아무도 전면에 나서지 못했다.

"국민들한텐 임대주택 사업한다고 하시더니, 그 물량 할인해서 다른 매입자 알아보셨죠?"

문제는 그다음이다. 그렇게 고분양가에 산 아파트를 대폭 할인해 다른 사람들에게 팔아 버렸던 것이다. 그 차액은 당연히 세금으로 충당했다.

지적이 계속되자 박병호의 얼굴이 점차 일그러졌다.

아무리 국민적 분노가 엄청나다 해도 10년 전 자료까지 들고 올 줄이야.

"그, 그건 어떻게……."

"당시 이걸 주도했던 담당자가 김성균 본부장인데, 불의의 사고를 당해 이 자리에 없네요. 혹시 무슨 사고였는지도 아십니까?"

"나, 나는 모릅니다! 그 사람이 왜 죽었는지!"

"나도 관심 없습니다. 그 사람이 왜 죽었는지."

"……네?"

"미리 경고드리는 겁니다. 증인 사라졌다고 계속 시치미 떼면 더 큰 처벌이 뒤따를 수 있습니다."

과거의 이름을 입에 올리자 괜히 울컥해졌다. 강한 부정은 긍정이라던데 혹시 내 죽음과 관련해서 아는 얘기가 있는 걸까?

묻고 싶은 말이 목 끝까지 차올랐지만, 입 밖으로 내는 바보짓은 하지 않았다. 개인적 원한을 앞세우면 이번 특검은 산으로 간다.

"지금부터 조서를 나눠 드리겠습니다. 각방으로 가셔서 여러분들이 받았던 돈, 특혜 내역 혹은 아는 사람의 비리까지 모두 다 적어 주세요."

"……."

"참고로 전 전향자에게 관대합니다. 진술이 풍부할수록 여러분들의 형량이 작아질 겁니다."

그렇게 자리 벗어날 때, 한 의원이 내게 물었다.

"최영석 부회장은…… 형량이 얼마나 되는 겁니까?"

"과장님, 조서 다 넘어왔습니다. 근데……."

정확히 두 시간이 지나자 서 팀장과 배 팀장이 내 집무실로 들어왔다.

겨우 두 시간이라니……. 국회의원들에게 그 정도 협박은 어림도 없는 건가.

"우리 특검 연장 안 해도 될 것 같은데요. 한 보름만 있으면 이번 수사 다 끝날 것 같습니다."

"무슨 말이야?"

"일단 우리가 파악한 내용은 조서에 다 등장했고요. 우리가 모르는 내용까지 자백한 의원들도 많았습니다."

"영감님들이 갑자기 무슨 바람이 들었는지 모르겠습니다."

조서를 직접 읽어 보니 두 사람이 왜 호들갑을 떠는지 알 수 있었다.

아무리 정치판이 영원한 적도, 친구도 없는 판이라지만 참 정도가 심하다. 동료 의원들 고발은 물론 공소시효가 이미 끝난 사건까지 줄줄이 다 실토해 버렸다.

마지막에 선처를 바란다는 멘트 역시 빼놓지 않았다.

"특히나 한명건설의 미분양 아파트 건은 자백 릴레이입니다."

"과장님을 따로 뵙고 싶단 얘기도 나왔습니다. 고급 정보를 알고 있다고……."

이런 반응이 나올 줄 알았다. 당시 미분양 아파트는 한명건설의 최대 골칫거리였으니.

세금으로 그 손해를 다 충당했지만, 너무 크게 해먹어 그 흔적들을 다 지우지 못했다.

“중요한 진술이 많이 나올 것 같은데요. 자리 좀 한번 마련해 볼까요?”

“됐어. 그 문제는 내가 더 잘 알아.”

조서를 보는데 한편으론 씁쓸했다. 죽은 사람은 말이 없다. 고급 정보를 주겠다는 놈 모두 노골적으로 김성균 탓으로 몰아가고 있었다.

“근데 과장님은 이 자료 어떻게 아신 겁니까? 10년 전 사건인데……. 우리 이 사건 본 적도 없잖아요.”

“아는 사람.”

“아는 사람요? 혹시 저희도 모르는 제보자가 있었습니까?”

궁색한 변명대신 조용히 끄덕였다.

“와…… 과장님은 대체 정보통이 몇 개십니까.”

“쓸데없는 수다할 시간 없어. 조서 넘어왔으면 빨리 정리해야지?”

“아, 예.”

“지금 내용 특검 2, 3팀에 공유하고 구속 더 쳐야 할 놈 있으면 명단 뽑아 와. 아예 뿌리를 뽑자.”

“알겠습니다.”

그렇게 돌아가려다 문득 서 팀장이 물었다.

“근데 과장님, 최영석 부회장 형량은 얼마나 생각하십니까? 슬슬 구형 애기가 나오는데요."
"형량엔 관심 없어. 집행유예 나와도 돼."
"예, 예? 집행유예도 괜찮다고요?"
두 팀장들은 눈이 함지박만 해졌다. 하긴 기업인들이 형량 협상하려 들면 찍소리도 못 하게 밟아 버리는 게 나였지.
"그건 검찰 영역인데 내가 나서면 모양만 안 좋아."
"……거짓말하지 마십쇼. 저희가 과장님 따라다니면서 월권을 얼마나 많이 했는데요."
피식 웃음이 났다.
"그랬나."
"이유가 뭡니까? 저희라도 알려 주세요."
나는 머리를 긁적였다.
"지금 처넣어도 어차피 가석방, 특사, 사면으로 나올 놈이야. 그것보다 훨씬 더 실효성 있는 처벌을 내려야지."
"징역보다 더 실효성 있는 처벌이 있나요?"
"나는 더 이상 최영석 같은 놈이 한명그룹 주식을 쥐고 있어선 안 된다고 본다."
"아니, 그렇다고 주식을 팔라는 명령을 내릴 수도 없는데요."
"안 팔 수 없을 거다. 이거 손해배상 다 하려면 입던 빤쓰도 팔아야 돼."
"헉. 설마!"

"쉿."

나는 재빨리 손에 입을 가져다 댔다. 두 사람도 덩달아 놀라며 급히 내 동작을 따라 했다.

"아직 확정된 거 아니다. 근데 최영석은 확실히 몰아낼 거야."

"하아……. 과장님이 그리 말씀하시니까 두렵네요. 진짜 한다면 하는 분인데."

"고맙다. 나에 대한 신뢰가 그만큼 큰 거지?"

"아무렴요."

"그럼 뒷일은 믿고 맡긴다. 난 급히 가 볼 데가 있어서."

"근데 과장님. 요즘 잠행을 많이 다니시던데 혹시 지금 어디 가십니까?"

대답 대신 빙긋 웃었다.

"역시…… 기밀 사항이군요. 그럼 문제 잘 정리되면 말씀해 주세요."

"고맙다. 뒷일을 부탁한다."

"이렇게 무턱대고 방문하시는 게 어디 있습니까?"

"우리랑 특검이 만났다고 기사 나면 그 뒷감당을 어떻게 하시려고요!"

"돌아가십쇼. 우린 진짜로 할 말 없습니다!"

나는 세 명의 이사들에게 고개를 숙였다.

"몇 차례 연락을 드렸습니다만 계속 날짜를 안 잡아 주셔서요. 결례를 무릅쓰고 왔습니다."

"날짜를 잡지 않았다는 건, 만나기 싫다는 뜻입니다! 어서 돌아가 주세요."

"그만들 하게."

상석에 앉은 사내가 입을 떼자 이사들의 입이 겨우 조용해졌다.

국민연금 이사장 유인수는 긴 한숨을 쉬더니 내게 고개를 돌렸다.

"뉴스 잘 보고 있습니다. 이 과장님의 고집은 이미 알고 있으니 돌아가라 소리 안 하겠습니다. 대신 용건만 간단히 말씀해 주십쇼."

"스튜어드……."

"스튜어드십 코드 같은 비상식적인 얘긴 안 할 거라 믿습니다. 우리 국민연금은 '경영에 참여하지 않는다'라는 원칙을 70년 동안 지켜왔고, 이번에도 예외는 없습니다."

당연한 얘기지만 한명그룹은 최 씨 일가의 소유가 아니다. 여느 기업이 그렇듯 가장 큰 지분은 국민연금에게 있다. 하지만 연기금은 투자와 경영을 철저히 분리하는 정책을 고수하며 단 한 차례도 적극적인 주주권을 행사하지 않았다.

"이번에는 예외로 하시죠."

유인수 이사장의 얼굴이 붉어졌다.

"이 원칙은 군부정권 때도 지켜진 원칙입니다. 지금 본인이 무슨 발언을 한 줄 아십니까."

"군부정권 때도 볼 수 없었던 광경이 지금 펼쳐졌잖습니까."

"아니, 무슨……."

"공사 중이던 아파트가 갑자기 무너졌어요. 만약 입주하고 나서 이런 참사가 벌어졌다면 백화점, 다리 붕괴 사고 때보다 훨씬 더 피해가 극심했을 겁니다."

인부 30여 명이 사망했는데 세간에선 그나마 다행이란 말이 나돌고 있다.

이번 사태가 그만큼이나 막장이었단 뜻이다.

"21세기에 이런 참사가 어떻게 벌어질 수 있습니까? 심지어 지금 그 이유도 다 나왔습니다. 공사대금으로 써야 할 돈이 여의도로 흘러갔고, 원청 한명건설은 하청들 쥐어짜기 바빴어요."

"……."

"무너진 아파트가 저 한 채지, 깊게 들어가면 저 건물 다 철거해야 할 겁니다. 그럼 여기서 발생하는 손해는 누가 책임집니까. 기업을 믿고 투자해 준 주주들이 책임져야 합니까?"

"우리가 어떻게 할 방법이 없잖소."

"그러니까 이 피해를 다 주주들이 책임져야 한다, 이 말씀이시죠."

유인수 이사장은 아무 말도 할 수 없었다. 지금 잘못 대답했다간 최영석과 나란히 구치소에 들어가게 될 것이다.

사실 사망자 뉴스에 가려진 다른 피해자들도 많았다. 한명그룹을 믿고 투자해 준 개인 주주들.

사태 이후 한명그룹의 시총은 5천억이나 증발했으며, 연일 계속되는 악재에 주식은 관리 종목으로 지정되었다. 이는 곧 연기금과 개인 투자자들의 투자금이 반 토막 났단 소리다.

"다른 사람은 몰라도 이사장님은 목소리 내셔야죠. 국민들의 노후 자금이 반 토막 났는데, 언제까지 그 답답한 원칙에 갇혀 있을 겁니까."

그러지 않아도 유인수 이사장은 매일 밤잠을 설치고 있었다.

거물급 정치인들이 줄줄이 연루되며, 연기금장도 한통속으로 의심받고 있었기 때문이다.

사실 한명그룹은 국내 시총 1위 기업이고, 당연히 연기금 투자금도 가장 높을 수밖에 없었다. 하지만 지금은 객관적인 사실이 중요한 시국이 아니다.

몇몇 언론은 최근 연기금이 한명그룹의 지분을 꾸준하게 매입했단 사실을 지적했다. 증권 지라시엔 벌써 이사장의 이름도 살생부에 올랐다.

"이사장님, 혹시."

"아닙니다! 말 같지도 않은 소리예요! 나는 최 부회장한테 차 한잔 얻어먹어 본 적도 없습니다. 최근 매입 지분? 그럼 한명그룹이 국내 1위 기업인데 저희가 매입 안 할 수 있습니까? 그리고 사고가 일어나기 전까지 한명그룹에 호재가 얼마나 많았는지 아시잖아요."

이런 걸 급발진이라고 하나?

"그걸 여쭤보려던 게 아닙니다. 혹시 국민연금에 다른 계획이 있는지 여쭤보려 했습니다."

그는 벌겋게 달아오른 얼굴을 숨기려는 듯 고개를 푹 숙였다.

표정을 보아하니 전혀 없나 보다.

"그럼 세간에서 쏟아져 나오는 연기금의 책임론에 대해선 어떻게 생각하십니까?"

"……."

"정말 주가가 떨어지든 말든, 주주들이 피해를 보든 말든 연기금은 경영에 참여하지 않겠단 원칙만 고수할 겁니까?"

투견처럼 달려들던 세 명의 이사들도 모두 고개를 숙였다.

막다른 골목이란 걸 깨달았을 것이다.

"이젠 연기금이 아닌 대주주로서 책임감을 보여 주십쇼. 연기금에게도 이 사태를 수습해야 할 의무가 있습니다."

산적한 과제가 많다.

이젠 어떤 문제를 누가 어떻게 책임질 건지 교통 정리해야 한다. 이건 지분을 가장 많이 들고 있는 연기금만이 할 수 있는 일이다.

이사장은 착잡한 얼굴로 고개를 들었다.

"어떤 문제를 말씀하시는지요?"

"첫 번째는 책임 보상 문제입니다. 이미 아파트 부실 시공 문제가 만천하에 알려졌고, 저희가 조사한 바에 따르면 다른 동에도 똑같은 부실이 발견되고 있습니다."

"……전면 철거를 해야 한단 말씀이군요."

"네. 철거 비용은 물론이거니와 시공 날짜를 지키지 못한 패널티도 감수해야 합니다. 물론 이것도 조합원이 한명건설과 계약을 유지하겠단 전제하에."

조합원 얘기에 그는 침을 꿀꺽 삼켰다.

"사실 조합 측은 시공사를 바꾸는 걸 더 선호합니다. 하지만 현실적인 문제도 있고 바꾸는 게 쉽지는 않죠."

"어느 정도 각오는 하고 있었습니다. 조합원을 달래려면 그에 상응하는 보상이 있어야 된다는 걸."

"그럼 지금부터 계산 확실히 합시다. 이 사태 수습에 들어가는 모든 비용. 이건 법인이 아니라 개인이 져야지 않겠습니까?"

한명그룹이 아닌 최영석이 책임 지라는 소리다.

"최 부회장이 자신 지분 10%를 매각하겠다고……."

"택도 없는 액수입니다. 아파트 철거하랴, 조합원 달래랴, 아파트 다시 지으랴……. 지분을 전량 매각해도 될까 말까 한 액수죠."

"……."

"뿐이겠습니까. 이번 사태에 부과될 과징금과 간접 책임 피해액도 수천억 될 겁니다. 지분 전량 매각에 신용 대출까지 받아야 겨우 피해 복구하겠네요."

"하면 저희가 어떻게……."

"최 부회장 비토하십쇼. 그를 영원히 경영권에서 배제하겠다고 선언해야 합니다."

늘 그렇듯 잠잠해지면 슬그머니 얼굴 비추는 게 이 바닥이다.

이걸 막으려면 이번 사태가 수습되어도 영원히 최영석을 회장으로 선임하지 않겠단 국민적 약속이 필요하다.

"최 부회장은 단순한 사람이에요. 자기가 한명그룹을 장악할 수 있겠다 싶으면 절대 지분 내려놓지 않을 사람. 그러니 그 기대를 산산조각 내는 게 우선입니다."

연기금이 최영석을 비토하면, 놈이 아무리 다른 곳에서 지분을 확보해 온다 한들 경영권은 절대 넘볼 수 없다.

"그럼 최 부회장도 마지못해 지분 팔 거고, 그 돈으로 이번 사태 수습하면 됩니다."

"그럼 그 경영 공백은요?"

"당장의 공백은 삼남 최만석 씨가 맡으면 됩니다. 그리고 추후 성실하고 책임감 있는 전문 경영인 찾아 선임하십쇼. 한 가지 미리 말씀드리면 최영석계 사람을 CEO로 임명하는 건 절대 안 됩니다. 우리 특검은 최영석의 잔당이 누구인지 이미 다 파악하고 있습니다."

내가 인사 명단을 내밀자 이사장의 얼굴이 새파래졌다.

아마 당황스러울 것이다. 출범 한 달도 되지 않은 특검이 어떻게 이리 그룹 내부 사정을 잘 알 수 있는지 혼란스러울 것이다.

그의 굳어진 얼굴과 달리 주변 이사들은 아직 불만이 가득한 얼굴이었다.

"이 팀장님, 아무리 그래도 경영진 교체는 쉽게 결정할 수 없는 얘깁니다."

"맞아요. 최 부회장뿐 아니라 측근들을 다 날린다? 이건 그냥 한명그룹의 석가래, 대들보를 다 뽑으란 얘기 아닙니까."

"일단은 최 부회장 체제로 이 사태를 수습하는 게 어떻습니까. 나중에 저희가 구상권을 청구해서라도 그룹에 끼친 피해는 반드시 받아 내겠습니다."

허튼소리. 시간이 지나면 또 작은 경영 성과를 과장해 선전하고 유야무야 넘어갈 거면서.

"참…… 꼭 이 서류까지 꺼내야 하나."

나는 두 번째 서류를 이사들에게 내밀었다.

"한명그룹 처벌안입니다. 현재 한명건설이 입찰 받은 공공기관 공사가 총 8건인데, 이거 전부 계약 해제할 겁니다. 위약금? 꿈도 꾸지 마십쇼. 오히려 우리가 위약금 청구하고 계약 취소할 겁니다."

사실 위약금 얘긴 입 밖에도 못 낼 것이다. 한명건설은 이미 업계에서 퇴출되는 분위기로 가고 있으니.

"이, 이게 뭡니까? 진짜로 이대로 처벌하실 겁니까?"

성질 급한 이사 하나가 서류를 살펴보더니 사색이 됐다.

"네. 한명건설에 영업정지 6월, 그리고 서울시가 자체적으로 6월 더. 도합 1년간 한명건설에 영업정지 명령이 내려질 겁니다. 공공기관을 비롯한 모든 사업에 입찰을 할 수 없어요. 그리고."

그다음이 더 중요하다.

"우리 특검은 국토부에 한명건설의 건설사 등록말소를 재청할 겁니다. 한마디로 폐업 명령이란 뜻이죠."

"재고해 주십쇼. 그건 너무 과한 처벌 아닙니까."

"그렇게 되면 주주들의 피해가 막심합니다."

비웃음이 나왔다.

이것들이 언제부터 주주들의 피해와 국민들의 노후 자금에 관심이 많았다고.

"폐업 명령이 뭐가 과합니까. 최영석을 단두대로 올리라는 여론이 빗발치는데."

"하지만……."

"공사 중이던 아파트가 도중에 무너져 내리는 참상은 두 번 다시 반복되어선 안 됩니다. 국토부와 이미 많은 공감대가 형성되었습니다."

이사들은 사색이 됐다.

행정명령은 굳이 재판을 기다리지 않고 당국이 바로 부과해 버릴 수 있다.

물론 이 행정명령에 불복을 할 수 있지만 이건 시간을 끌수록 불리한 소송이다.

사실상 유죄추정(?)의 원칙이기 때문에 그 기간 동안 공사 입찰을 할 수 없기 때문이다.

게다가 지금은 국민적 분노가 극에 달하는 시점.

건설사 등록 말소라는 초유의 처벌이 이뤄져도 오히려 납득하는 국민들이 더 많다.

"이건 아니야……."

"이건 진짜 너무하잖소."

"그만!"

유인수 이사장이 다시 분위기를 정리했다.

그는 내 얼굴을 노려보더니 말을 이었다.

"우리가 노력을 보인다면…… 이 처벌 수위는 좀 줄여 줄 수 있습니까."

"영업정지는 무를 수 없습니다. 하지만 건설사 등록 말소는 여러 여건을 감안해 참작을 해 드릴 수 있습니다.”

사실 등록 말소까지 욕심낼 순 없다.

이는 시총 1위 기업을 상장 폐지시켜 버리는 조치인데 그에 딸린 하청과 주주들한테까지 사형선고를 내려 버리는 격이다.

한명건설은 어차피 업계에서 자연스레 도태될 터. 부작용을 최소화시키려면 연착륙을 유도해야 한다.

내 말뜻을 다 이해했는지 시끄럽던 회의실이 이내 쥐죽은 듯 고요해졌다.

유인수 이사장은 미간을 짚더니 긴 한숨을 내쉬었다.

“특검 결정에…… 따르겠습니다. 이른 시간 내에 이사회를 열어 최 부회장을 해임하고, 비토 선언도 하겠습니다. 대신 특검도 약속 하나만 해 주십쇼. 건설사 등록말소는 무고한 피해자가 더 많은, 너무나 과한 처사입니다.”

그는 고개를 푹 숙였다.

“저희도 성의를 보일 테니, 특검도 이 문제를 숙고해 주시기 바랍니다.”

“최영석 부회장만 정리하면 됩니다. 거국적인 결단 감사합니다.”

이번 사건에 기록이 하나 또 생겼다. 연기금이 주주권을 적극적으로 행사한 최초의 사례로 기억될 것이다.

비밀리에 접촉했다 생각했는데 내 착각이었다.

연기금 본사에서 막 나오니 이미 기자들이 장사진을 치고 있었다.

아무래도 내 일거수일투족을 다 감시하고 있는 모양이다.

—역시나 국민연금도 연루되어 있는 겁니까?

—대가를 받고 투자를 했던가요?

기자들의 질문이 연기금의 현 위치를 말해 준다. 역시나 공범으로 의심 받고 있구나.

사실 최영석이 워낙 트러블 메이커인지라 지금은 아주 작은 인연만 밝혀져도 함께 생매장을 당한다.

"아닙니다."

나는 담담한 얼굴로 말했다.

—아니면 왜 왔습니까? 세산에선 연기금 고위직들도 연루됐단 의혹이 나옵니다.

"저희가 확인한 바, 연기금의 지분 매입은 아주 정당한 절차였습니다. 다만 대주주로서 좀 더 적극적인 주주권을 행사해 달라 부탁하려 왔습니다."

—적극적인 주주권? 그럼 연기금이 스튜어드십 코드를 하겠단 뜻인가요?

"제가 직접 말씀드리는 건 적절치 않은 것 같습니다."

-그럼 연기금이 곧 발표를 하는 건가요?!

아무래도 자리를 얼른 피하는 게 좋지 싶다. 한마디 대답을 하면 열 마디 질문이 빗발치니.

마침 대기하고 있던 연기금 보안요원들의 도움으로 나는 차로 이동했다.

하지만 그중에는 내가 피할 수 없는 질문도 있었다.

-한명건설에서 그제 입장문을 냈습니다. 자신들의 책임도 인정하지만, 실무자들인 하청들의 업무상 과실도 있었다고.

-여기에 대해선 어떻게 생각하십니까? 이번 재판에 소환 될 하청사는 얼마나 되나요?

나는 차에 타려다 말고 우뚝 멈춰 섰다.

"건설업계에 그런 말이 있죠."

많은 이름들이 스쳐 간다.

"노가다 인건비 올랐으면 외노자 쓰고, 외노자로 안 되겠으면 불체자 쓰고. 그러다가 적발되면 하청이 뒤집어쓴다."

과거 김성균이 입버릇처럼 내뱉었던 말이다. 실제로 현장에서 일어난 산재, 사망 사고는 모조리 다 하청들이 뒤집어써 줬다.

"그러한 악습이 오늘에 이르러 이런 사고를 냈습니다. 적어도 이번 특검은 이 썩은 관행을 바꿀 겁니다. 설사 하청의 잘못이 있다 해도 이는 결국 공사의 총책인 원청에 있습니다. 철저히 한명건설, 아니 최영석 부회장에게 책임을 묻겠습니다."

◎

―그간 저희 연기금운용본부는 경영에 간섭하지 않는단 원칙에 따라, 기업의 자율성을 존중해 왔습니다. 하지만 작금의 상황 속에 대주주로서 엄중한 책임을 직면하게 되었습니다. 지난 영주 아파트 붕괴 사고는 두 번 다시는 재현되지 않아야 할 건설사 최대의 비극입니다.

……(중략)…….

긴급이사회 결과에 대해 발표드리겠습니다.

최영석 부회장의 해임안은 만장일치로 통과되었음을 알립니다.

아울러 저희 연기금은 비리와 졸속 시공을 적극적으로 지시한 최영석 부회장을 영구 제명토록 하겠습니다. 그를 포함한 임원 다수에게도 책임을 물어 주요 직책에서 모두 해임되었음을 알립니다.

연기금이 이사회를 소집하는 초유의 사태 속에 최영석의 해임안이 만장일치로 통과되었다. 아울러 연기금은 그에 대한 영구 비토를 선언하며 최영석의 사후 복귀설도 단숨에 일축시켜 버렸다.

한명그룹의 최대 주주인 연기금이 비토하면, 사실상 최영석은 경영권에서 영원히 멀어지는 셈이다.

1차 재판을 사흘 앞두고 발표된 파격 선언에 주가는 모처럼 반등했다. 이미 영업정지는 불가피하단 전망이 나왔지만, 최영석 리스크를 떨쳐 냈단 것만으로도 주주들의 기대감을 불러일으켰다.

해임 소식에 언론사들이 모든 카메라를 동원해 동부구치소와 최영석 측근들을 찾으러 다녔지만, 이에 대한 소감은 한마디도 들어 볼 수 없었다.

너무나 조용한 반응이었기에 세간에선 최영석과 연기금의 자작극이란 말까지 나돌았다.

하지만 재판 당일.

언론에 처음 잡힌 최영석의 얼굴이 그 음모론을 단숨에 일축시켰다.

생기 하나 없는 얼굴에 수척해진 몰골. 연기금의 비토 선언이 충격이었음을 말해 준다. 수인복을 입고 수갑을 찬 그의 모습에선 묘한 연민까지 들 정도였다.

―한 말씀만 해 주십쇼! 연기금이 경영권에서 몰아냈는데 심정이 어떠십니까?

―영원히 비토한다는 뜻을 밝혔습니다. 주식을 쥐고 있는 의미가 있을까요?

하지만 나는 놈을 믿지 않는다. 카메라 앞에서 주눅 든 척하며 동정표를 얻으려는 수작일 것이다.

뭐 기나긴 수형 생활을 생각하면 당장에 웃지는 못 하겠지.

그렇게 생각하며 재판장에서 만났을 때, 내 생각이 틀렸다는 걸 깨달았다.

놈은 얼굴을 분간하기 힘들 정도로 눈이 퉁퉁 부어 있었다. 만약 동정표를 얻을 속셈이었다면 카메라 앞에서 울었지, 절대로 뒤에서 울지 않았을 거다.

내가 너무 최영석의 악명을 의식하는 걸까? 드디어 놈도 이제는 재간이 없는 것일까?

"판사님 입장하십니다."

초조한 심정으로 나는 자리에서 기립했다. 내 시선은 재판 내내 최영석을 떠나지 않았다.

"재판을 시작하겠습니다."

재판은 최영석을 확인 사살하는 자리였다.

불법체류자를 고용하라는, 한명건설의 적극적인 지시가 밝혀졌고.

무리한 공사 기일을 강행한 정황도 밝혀졌으며.

이 모두 그 누구도 아닌 최영석의 지시였다는 게 만천하에 드러났다.

애석하게도 이젠 그를 대신해 죄를 뒤집어써 줄 임원도 없었다. 임원들은 오히려 열과 성을 다해 자신의 주군을 고발했다.

덕분에 최영석이 숨겨 둔 차명 주식과 비자금 내역도 이 자리에서 모두 밝혀지게 되었다.

이 바닥은 떨어진 끈에 대해서는 매우 냉정하다. 이제 다신 한명그룹에 발도 못 붙일 테니, 잘 보일 필요도 없다.

문득 놈이 왜 안 보는 곳에서 왜 울었는지 이해가 됐다.

가장 믿었던 사람에게 배신당한 기분, 인생의 정점에서 모든 걸 다 잃었을 때 느끼는 허탈함……. 놈도 그때의 나와 같은 심정이겠지?

"피고인, 직접 대답하세요. 이 모두 사실입니까?"

두 시간 내리 확인 사살을 당하다 처음으로 발언권을 얻게 되었다. 놈은 무거운 발걸음으로 참고인석에 앉더니 주변을 쓱 둘러보았다.

그러던 중 나와 눈이 마주쳤다.

"네, 모두 인정합니다. 저의 적극적인 지시였습니다."

놈은 계속 나와 눈을 맞춘 채 대답을 이어 나갔다.

"부끄럽습니다. 결국 사람을 믿은 내가 바보였지요. 한명그룹과 관련한 비리는 모두 다 내 잘못이었고, 나만 잘못했습니다. 그러니까 나 하나만 죽여 주십쇼. 제가 가진 한명건설의 지분을 팔고, 피해자들에게 사재로 배상하겠습니다. 조합원과 피해를 끼친 사람들에게 사재로 배상을 하겠습니다. 당국에 선처를 바랍니다."

기대한 내가 바보지.

이건 잘못을 사과하는 태도가 아니다. 적군에게 생포 당한 장수가 마지막 자존심을 부릴 때 나오는 분노다.

사실 놈은 이미 궁지에 처박혔다. 연기금이 직접 이사회를 열어 자신을 해임하고 영구 비토를 선언해 버렸으니……. 출소하고 나서도 돌아갈 길이 없다. 이제 그는 한명그룹 주식을 좀 많이 들고 있는 슈퍼개미일 뿐이다.

어찌 됐건 피고가 모든 혐의를 인정하고, 구제 방안도 구체적으로 제시했으니 재판을 길게 끌 필요 없다.

재판장은 의사봉을 들었다.

"그럼 선고하겠습니다."

"모두 수고했다. 두 사람 아니었으면 나 여기까지 못 끌고 왔을 거야."

"에이~ 아닙니다. 과장님은 무조건 끝장 보는 성격인데, 어떻게든 한명그룹 무너뜨렸겠죠."

"비행기 태우지 마. 나도 운이 좋았어."

"하늘은 스스로 돕는 자를 돕는다지 않습니까. 이것도 과장님 실력입니다."

나는 서 팀장과 배 팀장을 따로 불러 치하해 주었다.

사실 이번 사건은 기적에 가까웠다. 조직 수뇌부가 다 물갈이 되고 나 또한 포기하려던 찰나에 그런 사고가 터져 버렸으니.

그 힘든 시간 묵묵히 내 곁을 지켜 준 두 사람에게 특별히 더 고마웠다. 사실 일이 잘 풀렸으니 이렇게 서로 웃지. 만약 안 풀렸으면 녀석들도 지독한 보복에 시달렸을 거다.

"앞으로 중간만 가. 특검에 캐스팅된 것 자체가 엄청난 커리어야. 사고 안 치고 중간만 가도 국장은 따 놓은 당상일 거다."

"에이- 오늘같이 좋은 날 무슨 인사고과 얘길 하십니까. 그보다 오늘 쐬주 한잔 어떠세요?"

"맞아요. 저희 이렇게 고생했는데 그동안 과장님께 술 한잔 못 얻어먹어 봤습니다."

긴장이 다 풀렸는지 나도 터럭 웃음이 났다.

"소주가 뭐냐? 세상에서 제일 비싼 안주에 제일 비싼 술로 먹자."

"오- 과장님이 배포가 커지셨는데요!"

"당연히 운영지원과 회식 카드로."

"그럼 그렇지……."

나는 서 팀장의 어깨를 툭 쳤다.

"대신 날짜는 다음 주로 잡자."

"에이, 그런 게 어디 있어요. 재판 끝나는 날 딱 뒤풀이를 해야지.”

“급하게 만나 볼 사람이 있어서 그래.”

“만날 사람? 혹시 애인입니까?”

혈기왕성한 나이들이라 그런지 관심사가 늘 그쪽이다.

나는 끄덕이며 웃었다.

“오- 과장님도 연애를 하세요?”

“이제 해야지.”

“과장님, 혹시 그분과 잘되시면 제 소개팅도 부탁드립니다! 전 여자한테 바라는 게 별로 없어요. 예쁘고 아침밥 잘 차려 주고 야근에 쩔어 살아도 잔소리 안 해 주면 됩니다.

“어째 나한테 불만 사항을 얘기하는 것 같다?”

“크흣.”

그렇게 두 사람을 보내고 나는 다시 법원으로 발걸음을 돌렸다. 이젠 악연을 정리해야 한다.

접견 신청을 한 후 그를 기다렸다.

“의외군. 나를 다 찾아올 줄이야.”

최영석은 독기 가득한 얼굴로 접견실 문을 열었다.

“패배자 얼굴을 확인하는 악취미가 있나?”

“그것도 있지만 칭찬을 좀 해 드리려고요. 지분 정리 잘했습니다. 만약 피해 보상에 대한 책임 안 보였으면 형량은 따블이 됐을 겁니다.”

“10년이나 20년이나.”

"그리고 기왕 지분 정리했으니 다시는 한명그룹에 얼씬도 마세요. 이제 각자 갈 길 가면 되는 겁니다. 그럼 이만."

딱 그 한마디 하고 싶었다. 다시는 한명그룹에 얼씬도 말라는.

그렇게 자리에서 일어날 때, 갑자기 놈이 내 손목을 잡았다.

"나도 한 가지만 물읍시다. 10년 전 아파트 미분양은 정말 아는 사람이 없는 문제야. 그건……."

"그건 죽은 김성균 본부장 말곤 아무도 모르지. 그 사람이 단독으로 주도했잖아."

놈의 침 넘어가는 소리가 내 귀에까지 들렸다.

"근데 그걸 어떻게 알았지?"

"제보."

"그러니까 누구의 제보……."

나는 놈을 물끄러미 봤다. 이렇게 보니 아직도 그 모습이 잊히지 않는다.

"성균아, 나 경영권 물려받으면 이 자리 너한테 토스할 거야. 그간 나 대신 악역 도맡아 줘서 고맙다."

"……!"

"이번이 정말 마지막이야."

"너, 너, 너 뭐야?"

말이 채 끝나기도 전에 놈이 구석으로 기어갔다.

의자로 제 몸을 감싸더니, 공포에 질린 얼굴로 소리를 질렀다.

"누구냐고! 너 대체 누구야!"

추락하는 것엔 날개가 없구나.

사람이 어디까지 망가질 수 있는지 오늘 확인했다.

나는 대답 없이 자리에서 물러났다.

질긴 악연은 여기서 끝내자.

"여기가 아버지 묘소입니다. 올라오는 데 고생 많으셨죠?"

"아닙니다. 너무 늦게 찾아뵈어서 죄송할 따름입니다."

"별말씀을요. 한데 저희 아버님과 어떤 사이셨기에……."

"과거에 제가 신세를 진 게 좀 있었습니다."

"아, 그러셨군요."

죽은 심 사장의 묘소.

이준철로 눈을 뜬 순간부터 꼭 이곳을 찾아야 한다고 생각했다. 염치가 없어서 못 왔을 뿐.

"근데 신세는 저희 아버지가 진 거 아닙니까. 갑질 문제로 공정위를 굉장히 많이 찾아 갔다고 들었거든요."

"아닙니다. 제가 더 도움을 많이 받았습니다."

"뭐 뒷얘기는 제가 잘 모르지만 아버님께서 선생님을 참

반가워하실 것 같습니다. 저도 뉴스 보면서 선생님의 활약 잘 지켜봤습니다. 한명그룹은 진작 저렇게 처벌됐어야 할 기업이에요. 제가 대신해 감사드립니다."

그 말에 나도 죄책감을 조금 덜 수 있었다. 부끄럽지만 이 정도면 결자해지라 말해도 되는 걸까.

"어, 선생님. 잠시만요. 차 빼 달라는 전화가 왔네요."

"그럼 먼저 내려가 계십쇼. 저는 따로 인사드리고 내려가겠습니다."

"죄송합니다. 이거."

"아니요, 따로 할 말이 있었는데 잘됐습니다."

얼떨결에 독대하게 된 나는 심 사장에게 소주 한 잔 따랐다.

"죄송합니다. 너무 늦었습니다. 저도 많은 걸 잃었고, 사장님도 많은 걸 잃으셨네요. 지금 알고 있는 걸 그때도 알았더라면……. 그래도 참회하려고 많은 노력을 했습니다. 오늘은 제가 술 한잔 올려도 되겠죠?"

나는 그의 분봉에 소주를 휘뿌렸다.

그렇게 두 번 절을 올릴 때 왈칵 눈물이 쏟아졌다.

가족들의 얼굴이 사무치게 그립다.

《공정거래위원회》 마칩니다

작가의 말

부족한 게 참 많은 작품이었습니다.

독자님들의 성원이 없었더라면 이 자리까지 오기 힘들었을 겁니다.

글을 쓰면서 가장 아쉬웠던 건, 극적인 전개를 위해 어쩔 수 없이 고증을 어겨야 할 때였습니다.

그때마다 너른 마음으로 이해해 주시는 독자님들 덕분에 더 유연하고 풍부하게 에피소드를 쓸 수 있었습니다.

제 글을 읽어 주신 모든 독자님들께 진심으로 감사드리고, 차기작은 여러 가지 감동과 낭만 그리고 빅재미가 있는 그런 작품으로 찾아뵙겠습니다.

늘 감사하고 고맙습니다.

2023년 2월 6일. 이현우

ROK MEDIA
로크미디어
천재 셰프 회귀하다
신사 현대 판타지 장편소설
독보적 미각의 천재 셰프
절망의 불구덩이에서 다시 기회를 얻다!
가스 폭발에서 사람을 구한 대가로
미각도, 손도 잃은 도진
재기를 마음먹은 어느 날
또다시 가스 폭발 사고에 휘말리고
한 번만 더 불 앞에 서기를 바라며 눈을 감는데……
미각과 손을 가져간 화마, 2회 차 인생을 선물하다?
고등학생으로 회귀한 후
과거의 지식과 경험을 바탕으로
요리계에 지각 변동을 일으키다!
요식업계 초신성에서 파인다이닝 오너 셰프까지
요리 명장의 인생 플레이팅!